Demasiado tarde

Demasiado tarde

"El amor, es una luz que llega y alumbra el alma dando esa magia que solo un corazón sincero puede sentir"

Celina Evans

Número de Control de la Biblioteca del Congreso de EE. UU.:   2013906620
ISBN: Tapa Dura   978-1-4633-5553-1
                 Tapa Blanda   978-1-4633-5552-4
                 Libro Electrónico   978-1-4633-5551-7

Esta es una obra de ficción. Cualquier parecido con la realidad es mera coincidencia. Todos los personajes, nombres, hechos, organizaciones y diálogos en esta novela son o bien producto de la imaginación del autor o han sido utilizados en esta obra de manera ficticia

Este libro fue impreso en los Estados Unidos de América.

Fecha de revisión: 29/05/2013

Para realizar pedidos de este libro, contacte con:
Palibrio
1663 Liberty Drive, Suite 200
Bloomington, IN 47403
Gratis desde EE. UU. al 877.407.5847
Gratis desde México al 01.800.288.2243
Gratis desde España al 900.866.949
Desde otro país al +1.812.671.9757
Fax: 01.812.355.1576
ventas@palibrio.com
463741

ÍNDICE

DEDICATORIA 7
NOTAS DEL AUTOR 9

CAPITULO UNO 11
CAPITULO DOS.. 15
CAPITULO TRES 57
CAPITULO CUATRO... 71
CAPITULO CINCO.. 98
CAPITULO SEIS 124

DEDICATORIA

Dedico este libro a mi esposo e hijos, Alexandra & Ronnie y a todos aquellos que siempre han disfrutado leyendo mis escritos y han sentido atravez de ellos mensajes que les han llegado al corazón.

Para mi eso ya es una satisfacción y un triunfo personal.

NOTAS DEL AUTOR

Esta es una historia que presenta un sentimiento que no puede ser comprado ó manipulado por corazones oscuros. El amor es algo más que un simple te quiero, consiste en la lucha constante por mantenerlo siempre en la luz de la verdad y no en el engaño. No puede mantenerse en secreto, siempre da la oportunidad de entrar y morar en las almas que deverdad lo anhelan. Celina G. Evans no es una autora reconocida, puesto que este libro es su primer sueño hecho realidad. El deseo de escribir desde su adolescencia le ha dado la oportunidad de describir los diferentes sentimientos que cada persona lleva consigo y de esta manera lo expresa en sus palabras.

Deseando que disfruten una historia llena de fantasia, misterios, sueños y romance.

CAPITULO UNO

La tarde se sentía fría, el viento soplaba meciendo las hojas del único árbol que aún se resistía en perder su vestidura dorada que el otoño le regalaba. Ese viento del norte que apenas llegaba, se encargo de desnudar aquel árbol frondoso que una vez sombra daba. No entristecí, pues sabía que pasado el tiempo la primavera llegaría y con ella la vestidura de hojas hermosas para cubrir lo que ahora era su desnudez.

Frente a él se encontraba un café francés; con pequeñas mesitas cubiertas con un fino mantel, un florero perfectamente colocado en el centro el cual llevaba dos hermosas rosas que parecía desafiar al viento, pues sus pétalos aún seguían firmes. Aquel lugar me hipnotizo, sin pensarlo dos veces me dirigí hacia el, del cual surgía un aroma a café que invitaba a pasar, y eso fue lo que hice.

- "¿Señorita, desea tomar algo?"-

Era la voz de un hombre maduro, sin embargo su rostro aún tenía la lozanía de la juventud, sus ojos con brillo y su sonrisa natural, hacían de ese hombre alguien especial.

"Si, por favor tráigame un café y un pequeño pastelito para acompañarlo, gracias".

Enseguida regreso y amablemente coloco el café en mi mesa, disculpándose pues los postres se habían terminado- a lo que añadió, -

- "el café será cortesía de la casa"

Disfruté mi café, al mismo tiempo contemplaba la tarde fría y los últimos rayos de sol que bajo el horizonte se ocultaban. Me sentía sola y triste, tenia poco tiempo de haber llegado a ese lugar, que aunque era hermoso y su gente amigable, aún extrañaba a mi familia y amigos que muy lejos de mi se encontraban. Insistí en pagar mi café, que aunque no logré convencerlo, si me comprometí a regresar. Por un momento quería que el tiempo se detuviera ahí, exactamente ahí...sentía nostalgia en mi corazón, sabía que necesitaba de alguien en quien confiar, pero, ¡donde encontrarlo!!

La mañana era soleada, la temperatura perfecta para caminar y explorar las calles de aquel pueblo victoriano. Sus calles empedradas y balcones cubiertos de flores colgantes, todo se veía alegre, romántico, como si ahí solo vivieran personas que se amaran mutuamente. Caminé sin rumbo y sin darme cuenta me encontré frente a una casa muy diferente a las demás; era grande y majestuosa, la protegía una enorme reja de metal la cual seguida por un caminito estrecho que te llevaba directo a la puerta principal. Me impresiono su arquitectura- ¿porqué se veía tan sola?- ¿Quizá esta abandonada? Me pregunté- me entró curiosidad por saber si estaría abitada y por quien.

Sin sentir el tiempo pasar, y después de recorrer aquel misterioso lugar, seguí caminando y llegué al mismo café de ayer; su aroma a pan recién horneado, el estómago me recordó la hora que era, sin pensarlo dos veces entre de nuevo. El lugar estaba ocupado, gente esperando de pie, mientras que los meseros corrían de un lugar a otro tratando de atender lo más pronto posible y dar el mejor servicio. Yo no tenía prisa, pues nadie me esperaba y mi trabajo podía esperar, me gustaba la idea de disfrutar mi tiempo libre, sin presiones, ni estrés...después de tantos años sin descanso, estos días eran un regalo. Por fin el lugar se tranquilizo; ordenes para llevar, panecillos con queso, café, té o chocolate caliente, parecía que todos disfrutaban satisfechos su almuerzo. Me senté en la misma mesita, con su mantel color otoñal y sin faltar sus flores en el centro, me sentía como parte ya de ese lugar. Ordene el especial de la casa, el cual consistía en una crema de champiñones, un panecillo de jamón y queso, fruta fresca y por supuesto el café que no podía faltar. ¡Estaba delicioso!! Parecía que no había comido en semanas, sin embargo no lo suficientemente satisfecha como para disfrutar el pastelito que tanto deseaba probar. -¿pero donde se encontraba él?- no lo veía por ningún lado- ¿tendría su día libre? preguntaré- No mejor no- ni si quiera sé su nombre- que pena- cuando mi cabeza se hacia preguntas y contestaciones absurdas, la puerta se abrió- era él-no venia vestido con su uniforme de trabajo, ¿que hacia allí en su día de descanso?- saludo amablemente y se dirigió hacia mi mesa- ¡viene hacia mi!- espero verme bonita- No lo creo, si acabo de comer, probablemente no traigo mis labios pintados- no te pongas nerviosa- me dije a mi misma…

"¡Hola!! Que gusto verte de nuevo, ¿puedo sentarme?" –

Me pregunto con una sonrisa coqueta-¡como podría negarme!!- así que accedí y lo invite a sentarse. No se que paso ese día, que el corazón latía diferente, mi mente registro cada detalle de su rostro; esos ojos verde olivo, su cabello castaño oscuro, sus labios que invitaba a besar…que es lo que estoy sintiendo, quizá la falta de cariño y atención, me hacen ver cosas que no son. Por el momento nació una amistad entre los dos y me sentí feliz.

Los días y semanas transcurrieron, y me propuse a escribir de nuevo. Sentía el deseo de hacerlo, tenía tantas ideas en mi mente; me sentía con la necesidad de plasmar todos esos sentimientos en una hoja en blanco y describir los encantos y misterios del lugar en el que me encontraba. Las mañanas las dedicaba a escribir, frente a mi ventana se encontraba una colina no muy alta, y tras ella se asomaba la majestuosa mansión, solitaria y vacía. De nuevo me pregunté- ¿quien vivirá ahí? Quise escribir un poco de ella, así que la detallé tal y como la veía frente a mí. Las tardes las dedicaba a salir y disfrutar del viento frío que rozaba mi rostro, y claro, mis pasos siempre me llevaban directo hacia donde él se encontraba… que hasta puedo asegurar- El también me esperaba-.

Hablábamos siempre de mí, poco de él y su vida, así que me atreví a preguntar de su familia- si era casado, donde vivía…

etcétera"-soltero y sin compromisos", -añadió -¿sería mi día de suerte? Talvez, pero no quise demostrarlo. Fue un poco cortante en sus respuestas, como si muy dentro de él ocultará algo o ¿algún secreto quizá? Esto lo hacia más interesante y atractivo a la vez. En todo ese tiempo de conocernos nunca supe donde vivía, hasta que un día lo seguí. Como espía me convertí, quería saber un poco más de él... ¿por qué nunca me invitaba?, todo era extraño, pues como soy una mujer curiosa quise averiguarlo. Cual sería mi sorpresa cuando al ver que sus pasos se dirigían hacia la colina, directo hacia aquella mansión, ¿seria esa su residencia? ¿Con quien compartía ese enorme lugar? estaba confundida, preguntas invadían mi cabeza y por un momento deje de pensar. Abrió el pórtico, un enorme perro negro lo recibió, parecía que lo conocía de toda la vida, se encamina hacia la puerta principal, saca la llave y se enciende la luz del portal...no alcanzo a ver a nadie dentro de la casa, se ve todo en tinieblas... ¡OH no!! ¿Que es esa figura en la ventana?

CAPITULO DOS

Esa noche tuve dificultad para reconciliar el sueño, mi cabeza me daba vueltas y no podía darle respuesta lógica a lo que había visto en esa casa, ¡OH Dios ayúdame a olvidar!! No quiero salir, me he encerrado en mi habitación frente a mi balcón a tan solo escribir, creo que eso me hace borrar de la memoria esa imagen que llevo presente en mi mente. Al llegar la noche, siento miedo, quiero luz en cada rincón de la casa. ¡Basta!! No puedo seguir así, ¡exijo una explicación!, han pasado semanas y no eh vuelto a saber de él, por qué no me ha buscado, ¿acaso se dio cuenta que lo expiaba esa tarde? ¿Sentiría mi presencia? Fui muy cautelosa y siempre mantuve mi distancia. Dejaré mis miedos atrás y saldré a buscarlo, así tenga que llegar hasta esa casa que tanto temor me causa.

- "Hola, que te has hecho, ¿saliste a ver a tu familia?"-

- "Si, estuve fuera visitando a mi mama y amigos, ¿como has estado tú durante mi ausencia?"-

- "Ocupado, el café ha estado corto de personal así que trabaje horas extras, las mismas que me ayudaron a no extrañar tanto tu ausencia. Porque te fuiste sin avisarme, por lo menos un hasta pronto"-

"Discúlpame, decidí el viaje de la noche a la mañana, creí que estaría solo un par de días y no pensé que me extrañarías tanto".

- "Bueno ya estas aquí, y eso es lo que importa"-
Sus palabras sonaban sinceras y por un momento olvidé lo ocurrido.

- "Susana, me gustaría invitarte a cenar a un lugar especial, ¿aceptas mi invitación?"-
Sentí que mi corazón latía rápidamente; me puse nerviosa, emocionada al mismo tiempo, -que contestar- lo pensé por un segundo y mi respuesta fue aceptar aquella invitación. Próximo viernes, 8:00pm pasaría a recogerme a mi casa. El lugar se ha vuelto un misterio para mí, puesto que no quiso darme más detalles, insistió que era una sorpresa-¡me encantan las sorpresas!! Aunque debo confesar que ésta me produce un poco de miedo.

Viernes por la tarde, los nervios empezaban a apoderarse de mí...buscaba y buscaba en mi guardarropa, sin encontrar nada... ¡como siempre! Corrí a la primera y única tienda que existía en ese pueblo, es exclusiva -pensé- así que probablemente encontraría el vestido perfecto para esa noche especial. Salí contenta con mi compra, era un hermoso vestido y al precio exacto a mi presupuesto. Elegí los accesorios, zapatillas, maquillaje... todo tenia que ir acorde con mi personalidad, no quería verme demasiado reveladora, ni demasiado conservadora...cuidé cada detalle en mí, pienso que lucía ¡divina!! Bueno, eso me lo dijo el espejo, vanidad de mujer. El timbre sonó y sentí que mi corazón se detuvo...por unos segundos mis piernas no respondieron, sonó de nuevo, esta vez me apresuré abrir la puerta; estaba allí frente a mí, particularmente bello, con un pantalón de vestir, camisa negra, todo finamente escogido. Su loción inundaron mis sentidos, la luz de la luna iluminaba sus ojos, lo cual le daba un toque de misterio y sensualidad a su mirar

-" Hola"- me dijo-
"luces hermosa con ese vestido, el cual resalta tu silueta y te hace ver hermosa"
Sentí que mis mejillas se sonrojaban, sonreí coquetamente y agradecí el cumplido.

Esperé ver un auto estacionado, sin embargo no había nada-

- "¿acaso caminaremos?"-le dije.

- "Disculpa que no he traído mi carro, el camino es un poco estrecho y es mejor caminar, espero y no te molesté"-
Sonreí, no con mucho agrado, pues usaba zapatilla y sabía que terminaría caminando descalza. Traté de disimular el dolor de mis pies, pero él se dio cuenta y se ofreció a llevarme en brazos-

- "¡No!! Estoy bien gracias, que pena caminaré descalza"- Sin mas ni mas me tomo en brazos como si fuera yo una plumita, sentí sus brazos fuerte y al ver sus labios frente a los míos sentí el deseo de besarlo, me contuve y desvíe mi mirada. Subimos por la colina y llegamos a la mansión, sentí miedo, y le pregunte, -"¿que hacemos aquí?" –"éste es el lugar del que te hable, aquí vivo".
La imagen de aquella sombra en la oscuridad me helo la sangre y ¿donde estaba aquel enorme perro negro?, espero y no salga. Abrió la puerta y se encendió la luz de la entrada, todo se veía en silencio, unas velas encendidas por aquí, por allá. Hermosos muebles victorianos; pisos de mármol, una escalera majestuosamente terminada en madera; cortinas de seda, candelabros que alumbraban con luz tenue la estancia. Todo se veía perfectamente puesto en su lugar, como si ciento de años hubiesen estado allí y jamás nadie tuvo la osadía de moverlos de su sitio. No se cuanto tiempo estuve observando esa casa, me sentía hipnotizada, como si una fuerza me impidiera despertar.

-" ¿Te encuentras bien?" –

"Si, gracias, me sentí un poco mareada, debió haber sido cuando subimos la colina".

"Por favor pasemos a la sala, frente a la chimenea que se encuentra encendida, tus manos están heladas, el calor te hará sentir bien".-

Todo se lucía perfecto, no sabia como preguntarle con quien compartía ese caserón. Había preparado una mesa con velas, dos copas, vino tinto, y la cena se veía exquisita.-

- "¿Tú preparaste todo esto para mi?",

- "Por supuesto, dedique toda la mañana cocinando para ti, espero que la hayas disfrutado".

"¡Gracias, todo estuvo delicioso!!"
Había un silencio que invadía toda la casa, así que le sugerí que pusiera un poco de música. Me invito a bailar, era una balada romántica...sus brazos rodearon mi cintura y sentí su palpitar tan cerca de mí...cerré mis ojos y olvidé por un momento que me encontraba en ese lugar que me intimidaba...en sus brazos me sentía protegida. Nos sentamos a disfrutar la copa de vino, reíamos de todo un poco, mientras la conversación se iba tornando interesante.
" ¿Vives con tus padres?" –

"Mis padres fallecieron cuando cumplí mis dieciocho años. No tengo hermanos, fui hijo único; mis padres murieron en un accidente el día de mi graduación".

- "Debió haber sido muy triste para ti al ver que tus padres nunca llegaron. Lo siento mucho".-

- "Los años me han ayudado a superar esa tristeza, el trabajo me ayuda de distracción...y aunque sé que ésta casa es muy grande para mí, jamás podría deshacerme de ella; mi padre la construyo y esta llena de recuerdos".
No podía mencionarle lo que una vez vi. Ahí, él se escuchaba feliz hablando de su casa...talvez fueron solo imaginaciones mías.
Un hermoso reloj antiguo daba las campanadas de las doce, el eco se escuchaba en cada rincón de la casa, mientras que un escalofrío recorrió todo mi cuerpo. Me aproximé al fuego como

insinuando que tenía frío, pues no podía decirle que ese lugar me inspiraba desconfianza.

- "Susana, quiero pedirte que te cases conmigo"- De su bolsillo saco un pequeño cofrecito dorado, que al abrirlo se encontraba un bellísimo anillo de diamante. ¡Jamás había visto algo igual!! ¡Que hermoso!!

- "¿Aceptas casarte conmigo?"- repitió la pregunta- No conteste, un beso lo dijo todo.

Alrededor de las dos de la madrugada me llevo a mi casa, aunque insistió en que pasáramos la noche juntos, más no consiguió convencerme.

Muy pronto estaremos juntos por siempre, y con un beso me despedí de él- esa noche me sentía en las nubes, no podía creer el hermoso anillo que llevaba en mi mano, ¿será un sueño? Y si lo es, no quiero despertar.

Fijamos la fecha de la boda la cual se celebraría en 3 meses; lo suficiente para arreglar una pequeña ceremonia, con familia y amigos. Nos reunimos para hablar de los preparativos de la boda, le pedí su lista de invitados - a lo que contesto, -No tengo familia a quien invitar, solo mis compañeros de trabajo que solo son dos personas. Me pareció extraño pero no quise entrar en detalles. Todo estaba listo, mi vestido estaba precioso, mis hermanas serian madrinas y mi mejor amiga vendría también. Mis padres no concebían la idea de esta boda que según para ellos era un poco apresurada, aún así compartían mi felicidad. Los días pasaron volando, con tantos preparativos no tenía tiempo ni respirar, me sentía feliz y contenta de saber que muy pronto sería la esposa de Montano.

La ceremonia se llevo acabo en el jardín de la mansión, mis padres estaban impresionados con tanta ostentosidad nunca se hubiesen imaginado que una de sus hijas encontraría un hombre con fortuna. Y para ser honesta, yo tampoco. Flores hermosas rodeaban el lugar, la tarde primorosa, el banquete exquisito, la música tocaba nuestras canciones… ¡que más podría pedir! Los invitados se fueron marchando uno por uno, mis padres se despidieron y mi familia me deseo buena suerte.

"Ya no estaré sola"- les dije- ahora tengo un compañero que cuidará de mí".

Nos quedamos solos, tiernamente me tomo en sus brazos y entramos a la casa, subió las escaleras y entro por un pasillo iluminado tan solo por unos candelabros que despedían una luz tenue a punto de apagarse. Me aferre a sus brazos, no quería que esa sensación de miedo arruinara la noche que tanto esperaba.

La recamara principal estaba cuidadosamente decorada; cortinas rojas de seda caían a lo largo del ventanal, la cama era suave y sedosa, su aroma se encontraba en la almohada; era como un elipse a mis sentidos. Cerré mis ojos y me dejé llevar por mis deseos... ¡nos entregamos al amor!!

- "¡Buenos días! te he preparado el desayuno"-
Todo era perfecto para ser realidad. Bajamos al comedor, la mesa estaba servida, con un rico desayuno y unas flores puestas en el centro de la mesa. "Susana, déjame presentarte a la Sra. Matilde ella es la cocinera de la casa, ha trabajado con la familia mucho antes que yo naciera, ya es parte de mi familia. Es muy querida para mí, espero que lo llegue hacer para ti también"

-"Hola Sra. Matilde, me da gusto saber que no me sentiré tan sola en esta casa-
"Por qué lo dices mi amor, ¿acaso ya te siente sola?"-

- "Claro que no, fue solo un decir, además, tú te iras a trabajar y siempre es bueno conversar con alguien, ¿no crees?"-

- "Supongo que tienes razón, aunque no me gustaría que surgiera mucha confianza entre la servidumbre y la Sra. de la casa".–

"Mi amor, no seas así"-y un beso cerró la conversación.

Los días iban transcurriendo uno tras otro, recorría la casa con curiosidad, pero solo durante el día; era hermosa, con un toque antiguo que la distinguía de todas las casas vecinas. Escogí una habitación que daba al jardín para dedicarme a escribir, tenia bastante luz y estaba femeninamente decorada como si hubiese pertenecido a una mujer.

Que curioso-pensé- Antonio me aseguro que ésta casa la construyo su padre para su esposa y su hijo, nunca ha mencionado que tuviera alguna hermana.- ¿será que ésta habitación perteneció a su mama? o ¿de quien sería? Estuve en la cocina con Matilde, me gustaba cocinar y preparar platillos diferentes, era mi pasatiempo favorito, tenía buena sazón y esta vez impresionaría Antonio. La cena estaba lista, acompañada con una copa de vino, la ensalada y el postre... ¡Mm. Riquísimo! Espero le guste. -Pensé.- Espere y pasaron las horas y no llego a cenar, me sentí preocupada, -¿quizá le pasaría algo? Me sentí angustiada. Me fui a mi recamara, tomé un libro para leer...no quería dormir sin sola. El sueño me venció y al despertar me di cuenta que no había llegado a dormir... que ¿es lo que paso? ¿Dónde ésta Antonio? Me vestí rápidamente y baje a buscarlo en su oficina, no se encontraba ahí...me dirigí a la cocina a preguntar a Matilde si ella sabia algo de él, más no supo decirme nada, se puso un poco nerviosa al preguntarle, sin embargo no quise averiguar el porqué. Me dirigí al restaurante donde trabajaba y cual fue mi sorpresa al escuchar que nadie lo conocía y que ahí nunca había trabajado nadie con ese nombre.

¿Es una broma verdad?- No pueden decirme que no saben de quien hablo, cuando yo misma lo conocí aquí en esté mismo lugar hace unos meses atrás...es una broma de mal gusto"- todos me veían como si yo estuviera loca y continuaron con su trabajo tranquilamente. Salí del lugar aturdida, no sabia a quien más preguntarle, no conocía a nadie más, me sentía extraña y pérdida. Volví a mi casa, con la esperanza de que hubiese vuelto de donde quiera que hubiese andado; no me interesaba, solo quería saber que se encontraba bien. "Mi amor estas aquí, me tenias muy preocupada, ¿donde estabas? ¿Por qué no llegaste a dormir?"... pregunta tras preguntas- él no me contestaba, solo me observaba con un rostro pálido, ojos cansados, las manos sucias y sus ropas rasgadas…"¡que te paso?!!

"¿Porqué vienes así, tuviste un accidente?"-

- "Estoy bien, quiero descansar, por favor no me molestes"-
Esa fue su respuesta y se marcho.- miles de preguntas bombardeaban mi cabeza, ¿que ésta pasando? ¿Adonde iría? ¿Con quien estuvo?-¡OH Dios mío dime que hacer!! Pasaron los días y él se portaba normal como si nada hubiese ocurrido.

- "Antonio, dime ¿donde trabajas ahora? –

- "¿Por qué me preguntas? tú ya sabes donde trabajo, en el restaurante"-

- "Estuve ahí y me dijeron que nadie te conocía, ¿no te parece extraño?" –

- "Estarías en otro lugar, además porque me andas vigilando, tu obligación es estar aquí y atender las cosas de la casa; esperar por mí sin hacer preguntas… ¡esta claro!!"-
Nunca me había hablado de esa manera, lo desconocí por completo…sentí ganas de llorar y corrí a mi recamará…que más podía hacer ante tal reacción. Me sentía prisionera, sola y triste. Antonio salía por la tarde y no regresaba hasta al otro día, siempre cansado y sin ganas de nada, algo estaba pasando, su actitud era distinta. El tiempo pasaba y, él, ya no era el mismo. Aquel hombre atento, cariñoso y cordial ya no existía. Las tardes las dedique a caminar, necesitaba respirar aire fresco, ese lugar me asfixiaba, sus paredes frías y oscuras me hacían sentir prisionera, como si una sombra me siguiera por doquier. Sin darme cuenta, tropecé con una mujer que al igual que yo iba pensativa, las dos nos disculpamos al mismo tiempo,-

"Que pena, caminaba distraída y no te vi frente a mí"-

"No te preocupes, yo hacia lo mismo-¿vives aquí? Porque no te había visto"-

"Si, en realidad tengo poco de haber llegado y me casé recientemente, vivo aquí cerca".

"Mi nombre es Sofía, y soy originaria de este lugar"

- "Mucho gusto mi nombre es Susana"-
Y así caminando entablamos una bonita conversación, sin darme cuenta el tiempo se me fue y ya era hora de la cena, tenia que regresar, talvez y con suerte Antonio ya estaría en casa.

"Sofía, me dio mucho gusto en conocerte, espero y no sea la última vez que nos veamos, sabes no tengo amigas y a veces me siento muy sola".

"Me gustaría invitarte a mi casa a tomar el café un día de estos, ¿que dices?"-

"¡Encantada, tú me dices cuando y donde, y ahí estaré"-
Nos despedimos como amigas que se conocían de años, me alegre de haber hecho amistad esa tarde. Llegue contenta, deseando encontrarme con Antonio pero ya había salido-

- "Matilde, ¿sabes a que hora salio mi marido?"-

- "Hace un par de minutos antes de que usted llegara, se lo debió haber encontrado en el camino"-

- "No, no lo vi., que extraño… ¿Hay otra salida en esta casa?"-

"Si la hay, el patio de atrás tiene un camino que también te lleva al pueblo, quizá por ahí saldría"-

"Quizá- ¿No dijo si regresaría para la cena?"-

"No Sra. no dijo nada"-

Eran solo las 7:00pm de la tarde, el sol se iba ocultando y es cuando comencé a observar que era exactamente la hora que él salía, pero adonde y por qué. La casa no tenía teléfono, no había televisor, solo una pequeña consolita antigua con discos de música clásica; me gustaba escucharla, no era mi favorita, pero que más podía hacer. Todo parecía que estaba detenido en el tiempo, a veces me atrevía a pensar que Antonio era parte de ese tiempo... ¡que cosas se me ocurren!, quizás era yo quien estaba entrando en un mundo completamente diferente. Me retiré a mi habitación a escribir, dedique horas a mi historia que poco a poco se tornaba en mi propia realidad. No quise cenar, me sentía triste, extrañaba a aquel hombre que una vez me conquisto con sus detalles, ¿dónde se encontraba hoy? ¿Dónde se encontraba esas noches, por qué no estaba conmigo?, por qué no me atrevía a enfrentarlo y sacarle la verdad de sus ausencias, por qué me daba miedo enfrentarlo, ¿por que?- Cerré mis ojos y ordené a mi mente a quedarse en blanco, al momento que me sumergía en un sueño profundo. Mi mente dio un giro extraño mientras dormía, era como si me invitará a entrar en un mundo lleno de misterio. Soñé que caminaba por los corredores de la mansión, el cual me llevaba a una puerta negra; la misma que se encontraba cerrada con una cadena gruesa, el candado no era como los demás, tenia la forma de serpiente, así que requería una llave que tuviera esa misma figura...¿será que existirá una llave tal?.. Desperté sobresaltada y confundida, solo había sido un simple sueño, bueno eso creí. Antonio se encontraba dormido, a qué hora llegaría, no lo sentí- había dormido tan profundamente que ni aún su respiración la había sentido. No quise levantarme, quería sentir su calor, aunque sea por un momento. Me acerqué a él, lo abrasé y me quede así, estaba tan dormido que no supo que estuve junto a él. Después de un rato me levanté y le dí un beso, cerré la puerta y me dirigí a la cocina para comer algo, quizá ese sueño me despertó el apetito. Salí hacer unas compras y de paso a saludar a mi nueva amiga, quien me la encontré en el camino. –

"Hola como estas, no me has llamado"-

"Discúlpame Sofía, lo que pasa es que no tengo teléfono en casa, tenemos problemas con la comunicación, mi esposo se encargará de arreglar ese problema con la compañía".

Me dio pena decirle que vivía incomunicada del mundo-anduvimos en las tiendas, y la invite a tomar un café al lugar donde me enamoré de mi marido.

"Sabes, precisamente aquí conocí a mi esposo, el era mesero de este lugar"-

- "¡De veras!! ¿Como se llama tu esposo?"-

- "Se llama Antonio"-

- "Que extraño yo trabaje un tiempo aquí y no recuerdo a nadie con ese nombre, ¿lo llaman de otra forma? "

- "No, solo Antonio. Talvez trabajó después que tú y es por eso que no lo conoces"-

- "Tengo una semana que deje de trabajar aquí, ahora trabajo en el banco, por eso se me hace raro no conocerlo, talvez cuando me lo presentes sabré quien es".

¿Nadie lo conoce??? ¿Quien es el en realidad? ¿Con quien estoy casada?-

"Te sientes bien, te quedaste como en otro mundo"-

- exactamente me encuentro en otro mundo-

- "¿Perdón?-

"estoy bien, Sofía te gustaría acompañarme a comer a mi casa esta tarde"-

"Me encantaría, hoy es mi día de descanso y no tenia nada que hacer, gracias por la invitación.

- "Entonces nos vemos como a las 6:00pm, esta es mi dirección"- cuando se la dí, me pregunto-

- "¿Tú vives en ese lugar?"-

- "Así es, ¿por qué?"

- "Siempre creí que nadie habitaba esa casa."-
Sin embargo no quise preguntar el porque de su comentario o talvez tuve miedo escuchar alguna leyenda oculta de esa mansión. Sofía fue discreta y terminó la plática ofreciéndose en llevar el postre.

- "Perfecto, nos vemos a las 6:00pm. ¿Quieres que lleve un dulce?"-

- "Si es de este lugar mucho mejor"-
Nos despedimos sonriendo. Pase por el supermercado a comprar las cosas para la cena, al llegar a casa Antonio estaba parado, con sus brazos cruzados y su semblante irritado…que pasaría que lo veo enojado, espero y no sea por mi tardanza-

- "Hola mi amor, ya te has levantado, como te sientes, espero y hayas descansado bien"-
Me acerque para darle un beso y no me correspondió, al rozar su mejilla lo sentí frío y un escalofrío recorrió todo mi cuerpo.

- "¿Que te pasa, estas bien? Que te tiene tan molesto"-
"¿De donde vienes a esta hora y con quien has estado?"-
Su voz era ronca y aguda, sus ojos despedían una odio; me asuste y me aleje un poco de él-

- "Estuve de compras y hace unos días conocí a una amiga, se llama Sofía dice que trabajó en el mismo café que tú trabajas"-

"Yo ya no trabajo ahí, así que no conozco a esa tal Sofía- No cambies la conversación y dime porque te ausentas tanto de la casa"-

"Lo mismo te pregunto yo a ti; que haces de noche, adonde te vas, cual es tu trabajo; ahora me doy cuenta que no se nada de ti...te has convertido en un extraño, ahora eres tú quien debe contestar"-

- "No tengo porque darte explicaciones de mis actos, ni de donde vengo ni adonde voy"-
Fue seco y cortante como si otro hombre estuviera hablando por él.

- "Por favor Antonio háblame, dime porque has cambiado conmigo, sabes que te amo y me case para vivir una vida juntos, parece que en realidad nunca me quisiste"-
De repente reacciono y su actitud fue otra.

- "No digas tonterías, yo también te quiero, lo que pasa es que me siento cansado de mi trabajo, el no dormir me irrita, perdóname no volveré hablarte así".-Parecía sincero y le creí- Lo abrasé y le di un beso como muestra de reconciliación-

- "Mi amor dime que quieres cenar y yo misma cocinaré"-

- "Lo que tu gustes esta bien"-

- "se me olvidaba decirte que mi amiga Sofía vendrá a cenar con nosotros"-

- "Me parece bien"- me dio un beso y entro a la casa.
La mesa estaba servida y Sofía llego puntual, entramos al comedor y le pedí a Matilde que le avisara Antonio que la cena estaba lista...Matilde regreso y me dijo que el Sr. no se encontraba.

- "¿Como que no esta? Hace un rato estuve platicando con él y entro a su oficina, ¿Buscaste en la recamara?"-

- "Si Sra. no ésta en toda la casa"-

No quise mostrarme nerviosa o enojada enfrente de Sofía, así que cambien mi tono de voz, como si no me hubiese importando que él no nos acompañaría a cenar.

- "Talvez le saldría algún imprevisto en su trabajo"-
Fue lo único que se me ocurrió decir. Nos despedimos y quedamos de salir al día siguiente.

Entre a la oficina y Antonio se encontraba sentado tras su escritorio, me pidió que cerrara la puerta.

"¿Algún problema cariño?"

Y sin contestarme me dio una bofetada, tomo un látigo y golpeo severamente mi espalda, no tuve tiempo de escapar, sentí la sangre correr lentamente mojando mi blusa. Le suplicaba llorando que no lo hiciera, más él no escuchaba. Finalmente se inmovilizó, como si una mano invisible le detuviera su mano; dio unos pasos atrás y desvió su mirada hacia el retrato de su padre, el cual estaba colocado frente a la pared. Aproveche su distracción y caminé hacia la puerta; logré escapar del demonio que traía dentro. Corrí por los pasillos, no sabia donde esconderme. Frente a mí se encontraba esa pequeña puerta oscura, la de mis sueños; estaba sin candado, la abrí rápidamente, entre y la puerta se cerró tras de mi.

- "¿Dónde estoy?"

Todo se veía diferente; como si hubiese entrado en el túnel del tiempo.

- "¡Bienvenida a casa!!" Esa voz la conozco, es su voz, "¿Antonio?"

¡Era él! estaba ahí; su cara reflejaba un semblante de paz, su voz era tierna, la misma que me había enamorado un día.

- "No entiendo que está pasando, huyo de ti y entro en esa puerta la misma que me ha traído hasta aquí...me siento perdida. Por favor aléjate, no se quien realmente eres"

- "Susana, tranquilízate yo te explicaré"

Me tomo de la mano y caminamos por un camino rodeado de flores de distintos colores, el pasto era verde y frondoso; a lo lejos se encontraba un casita totalmente de ensueño y tras de ella se levantaban dos montañas cubiertas de nieve, el paisaje era realmente fuera de la realidad. No sentía dolor y las marcas de mi espalda habían desaparecido... pero no las de mi alma.

"¿Quien eres tú?"

"Soy el verdadero Antonio, el mismo que conociste. El mismo que se casó contigo, hasta el día que mi propia sombra me arrebato esa felicidad"

- "¿A que te refieres?"

- "Mi madre venia de una familia que practicaba la magia negra, mi abuela era una mujer solitaria, de un carácter fuerte y muy estricto. Nadie la podía contradecir, tenía dos hijas más, las cuales nunca se casaron; eran extrañas, nunca sonreían y preferían estar siempre dentro de su casa. La gente comentaba que esa familia tenia pacto con el mal, que en realidad era cierto".

"¿Por qué era cierto?"

- "Mi abuela era madre soltera y trabajaba de sirvienta en la casa de una familia de mucho dinero, los cuales la humillaban verbalmente. Mi abuela no podía defenderse o dejar ese trabajo pues lo necesitaba, ya que tenia a sus tres hijas a quien mantener. Recuerdo que una vez escuché a mi madre decir que sus hermanas urdieron un plan, "según" para ayudar a su mama. El plan consistía en acondicionar un pequeño cuarto atrás de la casa y dar consultas síquicas; usando las cartas y una bola de cristal que tenía poderes mágicos".

"¿Como supiste que tenía poderes mágicos?"

"Eso lo descubrí cuando era apenas un niño, mis tías y abuela habían ya fallecido".

"La voz se empezó a circular por todo el pueblo, las llamaban las "hermanas Irinea" las cuales tenían pacto con el diablo. Mi abuela al principio no entendía como estaban ganando tanto dinero; y las personas, especialmente mujeres, hacían línea para entrar a sus consultas. Por las noches las hermanas se convertían en búhos y salían volando y no regresaban hasta el amanecer".

"Cuando mi madre cumplió dieciséis años conoció a un hombre veinte años mayor que ella; las tías no estaban de acuerdo con esa relación, pues ellas estaban enamoradas de ese hombre".

"No entiendo porque me estas contando esta historia tan extraña, tampoco sé donde me encuentro, vengo huyendo de ti y resulta que con el hombre que vivía hace apenas unas horas, es una sombra de ti... ¡siento que me estoy volviendo loca!"

- "Susana, todo lo que te estoy diciendo es verdad, sé que es difícil creerlo pero aún no te eh dicho lo peor"
- "¿Lo peor??"
"Mi familia esta bajo una maldición que ha perdurado por muchísimos años, y este lugar en el que te encuentras hoy ha sido el único refugio para mí, pero que al mismo tiempo me tiene prisionero"

"¿A qué maldición te refieres, acaso tus tías aún siguen con vida?"

- "Así es, ellas habitan en esa casa"

- "¿Qué??? ¿Como es que siguen con vida?, no entiendo, eso paso muchos años atrás"

- "Eso fue a cambio de haber entregado su alma al enemigo. Ahora que sabes la historia, voy a necesitar de tú ayuda"

"¿Que puedo hacer yo para ayudarte?"
Todo era demasiado confundido y no entendía la magnitud
del problema, sabia que nuestra lucha no sería con éste mundo; si
no con las fuerzas del mal. El lugar era hermoso y tranquilo, era
fácil olvidarse de lo que existía tras esa puerta que me llevo ahí;
pero que tarde o temprano tendríamos que volver y enfrentar la
realidad.

- "Primeramente tenemos que planear como salir de aquí, como
ves todo se ve perfecto, pero existen trampas que nos pueden llevar
a la muerte"

- "Antonio tengo mucho miedo"
Se acerco a mí, me llevo a sus brazos y con un beso tierno supe
que era él.

- "No te preocupes que esta vez nadie podrá separarnos, ni aún
mi propia maldición"
Estuvimos sentados observando el atardecer, los últimos rayos
de sol se perdían tras el horizonte, y tras de el se asomaban pequeñas
estrellas que brillaban con luz propia.
Las horas pasaron y sin medir el tiempo caímos en un sueño
profundo. Al dormir en sus brazos me sentía segura, hicimos el
amor como si hubiese sido la primera y última vez.
Al despertar me di cuenta que estaba sola, salí corriendo a
buscarlo. Con la mirada perdida y triste lo encontré observando el
amanecer. Me acerque a él y lo abrasé con ternura.

- "¡Buenos días mi amor!!"

- "Hola, es un gusto despertar y tenerte junto ami. Creí que
nunca llegaría este momento, aunque te veo muy pensativo"

-"Lo estoy, necesitamos explorar cada rincón de este lugar para
poder salir de aquí"

-"Fácil, salgamos por la misma puerta que me trajo hasta aquí"

-"No es así de fácil, esa puerta se encuentra oculta, la cual necesita una llave especial para abrirse"

- "¿Una llave especial?? Ahora que recuerdo una vez tuve un sueño y vi esa llave la cual tenia forma de serpiente, ¿tú crees que sea esa?"

- "Si esa es, ¿por qué tuviste ese sueño? ¿Acaso has visto esa puerta antes?"

- "No, nunca, hasta el día que escapé y encontré la puerta... como si hubiese estado abierta para mí"

- "Fue una trampa de ellas"

- "¿De ellas? Te refieres a tus tías"

Un silencio se apodero del lugar, de nuevo Antonio fijo su mirada hacia el horizonte como si por un momento su mente se transportara al pasado.
-"Antonio, ¿te encuentras bien?, te has quedado callado...existe algo más tras la vida de esas dos mujeres y tus padres?"
Después de unos minutos reacciono y con una voz temblorosa continuo su relato.

- "Mis padres se casaron sin el consentimiento de mi abuela lo cual hizo que sus hermanas los odiaran condenándolos a una maldición"

- "¿Cual fue esa maldición?"

-"Ellos al casarse no pudieron esconderse, trataron hacer su vida lejos pero siempre volvían a esa casa, como si una fuerza extraña los atrajera hacia ellas. Mediante el trabajo sucio que practicaban lograron juntar una fortuna y construyeron esa mansión"

- "¿La misma que estuve viviendo? ¡Por favor dime que esas brujas no viven ahí!!"

- "Desgraciadamente si…ahí viven"
Un escalofrío invadió todo mi cuerpo, el terror de pensar que tuve cerca esos espíritus del mal, y yo sin saberlo… quise morir del miedo.

-"No me siento bien, necesito asimilar todo esto… pero por favor no me dejes sola"

"No te preocupes siempre estaré contigo"
Cerré de nuevo mis ojos, aunque era temprano sentía que no había dormido en semanas. El miedo inundaba mi mente y por unos segundos soñé que me encontraba de nuevo en esa casa. Caminaba por esos pasillos oscuros, tratando de encontrar la salida, sin embargo todo se volvía un laberinto. Había una salida la cual me llevaba hacia mi recamará, todo parecía diferente, las cortinas se veían rasgadas, la cama desordenada como si alguien hubiese dormido ahí. De pronto una voz aguda pronunciaba mi nombre, era un ser deforme con un rostro dividido en mujer y la otra parte con las facciones de Antonio, con un grito de terror desperté.

"¿Que te pasa, te sientes bien?"

- "Si gracias estoy bien, solo fue una pesadilla"
No quise contarle mi sueño, pues talvez lo relacionaría con la maldición de su familia. Estuvimos buscando en cada rincón de aquel lugar; al abrir una pequeña cajita de madera empolvada y cubierta de telarañas supimos que guardaba celosamente la preciada llave.
"¡La encontramos!!"

Era una llave de oro, con una serpiente enrollada, sus ojos eran dos rubís y tenia dos alas de plata…jamás había visto una llave con esa forma.

"Antes de volver a esa casa, tienes que estar preparada para lo que se avecina. Esas dos mujeres saben que nosotros vamos en camino y de seguro trataran de destruirnos, por lo tanto debemos estar unidos, solo de ésa manera podremos vencerlas"

- "Dime por favor que él "supuesto" Antonio ya no se encontrará más ahí, siento temor de tan solo pensar que por ese tiempo compartía mi casa con un fantasma"

- "ya no estará ahí, pues ya no es necesario engañarte, ellas saben que tú ya tienes conocimiento de que ellas existen"
Entonce me di cuenta que era mejor contarle el sueño que había tenido.

- "Antonio, quiero decirte que tuve un sueño muy extraño en el cual vi a un ser deforme con su rostro dividido en dos caras, de mujer y de hombre. La cual se asemejaba mucho a ti, eso me asusto muchísimo. ¿Tu crees que tenga algún significado?"

"Porque no me lo habías dicho, mis tías practican la magia negra y tienen el poder de transformarse en lo que les plazca. Así como pueden ser en una persona dulce a una persona diabólica".

- "¿Cómo poder reconocer el engaño? ¿Cómo sabré yo, si se trata de alguna de ellas si nunca las he visto?"

- "Lo descubrirás por ti misma"
Subimos la colina y tras de ella se encontraba una cueva escondida entre los árboles, entramos y había una puerta negra; la misma de mis sueños. Sacamos la llave y efectivamente la abrió sin ningún problema. Al cruzar la puerta nos encontrábamos dentro de la mansión, volví a sentir aquel frío en mi cuerpo, caminamos

lentamente el corredor el cual se encontraba alumbrado con una luz tenue que salía de unos viejos candelabros; no se escuchaba el mínimo ruido, solo reinaba el silencio que se apoderaba de nuestros sentidos.

Bajamos por las escalaras y nos recibió Matilde con una sonrisa de bienvenida.

- "Que gusto de verlos, como les fue en su viaje"
Se veía contenta de vernos, como si en verdad nos hubiésemos ido de viaje. ¿Dónde estaban esas brujas, ¿sabrá la Sra. Matilde de su existencia en esa casa?

- "Gracias Matilde, ¿no hubo ninguna novedad durante nuestra ausencia?"
Antonio le preguntó amablemente haciendo que todo se mostrará normal.

- "Les prepararé el desayuno como a ustedes les gusta, la recamara esta ordenada y limpia"

"Gracias es usted muy amable"
Le contesté con un suspiro de alivio, tan solo al pensar que la encontraría como la había visto en mis sueños.

"Tenemos que seguir con nuestra rutina diaria, no queremos despertar la furia del enemigo que vive dentro de esta casa"

"¿Seguiremos viviendo en esta casa?? No quiero ni puedo vivir aquí, ésta casa esta embrujada y yo no tengo el valor de enfrentarme a ellas. No quiero que tomen mi vida y tampoco la tuya. Por favor vámonos lejos donde nunca nos alcance su maldición".

"No entiendes que aunque nos marchemos, de una forma u otra volveremos. Es como una fuerza que nos atrae; eso sucedió con mis padres quienes trataron de salir, pero siempre volvían, hasta que llego el día que murieron bajo el odio de sus hermanas"

- "Quieres decir que al igual que tus padres nosotros también moriremos"

- "No pasara lo mismo con nosotros, porque lucharemos contra ellas y las venceremos"

- "Como haremos eso, si se encuentran ocultas en las sombras y toman apariencias distintas cada vez… ¿como reconocerlas?"

-"Buscaré entre los libros que se encuentran en la biblioteca, recuerdo que mi madre guardaba un libro que le regalo su mamá antes de morir, ella siempre decía que ahí se encontraba el secreto de su poder y su destrucción"

- "¿Dónde ésta esa biblioteca?"

-"Aquí, dentro de la mansión ha permanecido cerrada por muchos años; pues mi padre nunca quiso que se usara por nadie más"
- "Permitió que nadie entrará y cuando él murió todo quedo intacto así como la dejo"
-"¿Tienes llave para entrar ahí?"

- "Si, Matilde debe tenerla"
Esa noche no podía reconciliar el sueño, le pedí Antonio que me abrazara toda la noche, pues en sus brazos me sentía segura. Las ventanas quedaron abiertas, las cortinas se movían con el viento y la brisa de la noche refrescaba el ambiente. De pronto escuché unas voces que provenían del jardín; me levanté rápidamente y me asomé por la ventana había una fogata encendida y al rededor se encontraban tres sillas; las tres eran diferentes: una era de color rojo, la segunda era de color negra, y la tercera de color amarillo. Será que estoy soñando de nuevo, pensé…así que me apresuré hablarle Antonio, tenia que ver lo que estaba sucediendo.

- "¿Que pasa?, por qué estas levantada a esta hora de la noche"

"Ven rápido tus tías han salido de su escondite, parece que van hacer un ritual… ¿te das cuenta que hay tres sillas y todas tienen diferentes colores? ¿Que significa eso, tú lo sabes?"

"No, nunca había visto algo así…además de quién será el tercer asiento"

Nos ocultamos tras las cortinas, pues no queríamos ser visto por ninguna de ellas, como estaba retirado no pudimos apreciar las caras de ninguna. Antonio reconoció a su tía Irinea, pero a las otras dos no. Bailaron alrededor de la fogata y caminaron sobre el fuego. Llamaradas subían y bajaban como si él mismo fuego danzara junto con ellas. De repente se quedaron en silencio por unos segundos, sacaron unas copas y bebieron, después se fueron desapareciendo una por una, convirtiéndose en búhos.

Cerramos las ventanas rápidamente, pues por un momento pensé que entrarían y nos atacarían. ¿Dónde se esconden, a donde van, cual era su plan diabólico? Pregunta tras pregunta y sin respuestas…todo era oscuro y siniestro.

Quería escapar de ese lugar, tomar de la mano Antonio e irnos lejos, pero él tenía razón, existía una fuerza que no podría describir.

Al día siguiente me levanté cansada, pues después de haber presenciado tal escena me quede en vela el resto de la noche. Antonio me esperaba en el comedor con el desayuno listo, percibí que se habían puesto otros cubiertos.

- "Cariño, ¿tenemos visita?"

- "Si, nos acompaña la tía Irinea a desayunar, parece que decidió salir de su recamara. Así que te pido que disimules delante de ella, es importante que piense que no sabemos quien es en realidad"
En eso estábamos cuando su presencia no se hizo esperar.

- "Buenos días"
Una voz aguda estremeció el lugar; sus ojos eran oscuros, sus cabellos negros y su boca roja como el carmesí; era alta y esbelta,

tenia un porte que captaba la atención de cualquiera que la contemplaba.

- "Hola tía Irinea nos da gusto que nos acompañé a desayunar"

Antonio se mostró atento, no demostraba nerviosismo, ni temor, parecía que se veían del diario…sinceramente me impresionó su actitud, ya que me había dicho lo maldita que podía ser esta mujer.

- "Hace unos días que llegue y como estaba muy cansada del viaje lo dedique a descansar, ya sabes me encanta dormir y más aún cuando lo necesito. Me supongo que ella es tu esposa, ¿no es así?"

"Si, claro, ella es mi esposa Susana y tenemos poco que nos casamos"

Me levanté de la mesa y la saludé cordialmente, más ella se acercó y me dio un abrazo tan fuerte que su fragancia se quedo impregnada en mi blusa.

"Hola gusto en conocerla, Antonio me ha hablado mucho de usted y su otra hermana"

El silencio reino por unos segundos, quizá no era el momento de preguntar por la "otra".

- "Mi hermana llega en unos días, se encuentra en Marbella atendiendo unos asuntos"

- "Que pena, no recuerdo el nombre de su hermana"

- "Se llama Cassandra"

- "Antonio no me había dicho que tenia una tía tan joven y bonita como usted"

- "Gracias, pero Antonio siempre fue como su padre… distraído"

Antonio se mantenía callado, solo nos miraba a las dos en silencio y de vez en cuando sonreía y me tomaba de la mano... como si quisiera decirme, "estoy contigo".

Por un momento me mordí la lengua queriéndole preguntar quien era la tercera mujer a quien habíamos visto la noche anterior en el maléfico ritual, pero sentí miedo.

Terminamos el desayuno y Antonio se despidió diciendo que tenía trabajo que hacer en la oficina, la tía Irinea subió a su habitación y yo inventé salir a caminar al parque.

- "¡Hola Sofía, como estas! Que gusto de verte"

Nunca había sentido tanto gusto de ver a mi amiga como hasta ese momento, quería hablar con alguien y contarle por lo que estaba pasando.

- "Hola Susana, que te habías hecho; hacia días que no te veía por aquí"

- "Salí con Antonio hacer unas cosas fuera de la ciudad, además tenemos visitas en casa, una tía de Antonio, y en unos días llega "otra" tía. Como veras estaré ocupada por un tiempo"

- "Que bien, ahora no te sentirás tan sola, pues te harán compañía cuando tu esposo salga"

- "No creo estar tan segura de eso"

- "¿Por qué lo dices? ¿Acaso la tía no se ve agradable?"

No sabia si contarle lo que estaba pasando, talvez no me iba a creer que esas mujeres eran brujas, si yo no las hubiese visto transformarse en búhos lo dudaría de igual manera.

"Susana por qué te has quedado pensativa, ¿te preocupa algo?"

- "No, estoy bien, lo que pasa es que aún sigo fatigada del viaje"

- "Si quieres desahogarte sabes que puedes confiar en mi"

- "Gracias lo tomaré en cuenta"

Nos despedimos y me quedé un poco más caminando por el parque, era una tarde soleada y fresca; había niños corriendo de un lado a otro, sus risas me hacían olvidarme de lo que vivía dentro de esa casa. No quería que oscureciera, en realidad no quería volver a esa casa.

-"Mi amor donde te habías metido estaba preocupado por ti"

La voz de Antonio y su preocupación me extraño bastante, si apenas habían sido un par de horas que estuve fuera de la casa...que extraño que ésta ocurriendo.

- "Que es lo que pasa, solo salí a caminar un poco… ¿recuerdas que te lo dije?"

"OH si, me olvide de eso…estoy nervioso con la actitud de mi tía Irinea se mostró muy atenta esta mañana y hace un momento estuvo aquí diciéndome que ella preparará la cena y que estemos presentes"

- "¿La cena?? No creo que debamos comer de esa comida, no sabemos si le ponga alguna pócima, veneno, o que se yo"

- "Yo también creo lo mismo, pero no podemos demostrarle que desconfiamos de ella, eso la alertará y la tendremos como nuestra enemiga"

- "¡Ya es nuestra enemiga!! Tú mismo me lo dijiste"

Aún discutíamos cuando escuchamos el timbre de la puerta, Matilde se apresuró abrir, mientras Irinea bajaba por las escaleras vistiendo un vestido negro largo, el cabello recogido con un broche dorado y unos pendientes de oro largos que le caían al hombro, se veía hermosa.

La puerta se abrió y era una mujer parecida a la tía Irinea; misma edad, misma estatura, ojos verdes, cabello rubio y tez bronceada, sus labios pintados rojo carmesí, sus manos largas y sus uñas pintadas de negro, lo cual le resaltaba aún más su color de piel. Lucía un vestido rojo de terciopelo largo, zapatilla negras y un pronunciado escote que la hacia ver demasiado provocativa. Al ver a las dos mujeres darse un abrazo de bienvenida y ver la belleza que las caracterizaba sentí por un momento envidia, pues jamás me había vestido así. Antonio siempre me había dicho que era "bonita" más no "hermosa".

"Hola a todos, como esta mi sobrino consentido"
Supe de inmediato que era la tía Cassandra, ¡como no adivinarlo! si las dos tenían una mirada diabólica y una sonrisa siniestra.

- "Hola tía Cassandra no te esperábamos tan pronto, como estuvo tu viaje por Marbella"

-"¡Excelente!! Mejor no pudo haber estado"

- "Y cual es el negocio que tienen en Marbella" -pregunté

- "Querida, un negocio que no tiene importancia mencionarlo; mejor dime quien eres tú"
Su voz cortante y firme me hizo sentir como una tonta, como pretender que esa mujer me contestaría tal pregunta, fingí una sonrisa amable al igual que ella.

- "Soy Susana, esposa de Antonio"

- "¿Esposa de Antonio??"
Al escuchar que era la esposa de su sobrino hizo una pausa, como si la noticia la hubiera tomado por sorpresa…que raro, pensé que ellas lo sabían todo.

- "Así es tía Cassandra, nos casamos hace poco y soy muy feliz"

- "Felicidades"

Me miro con desprecio y siguió platicando con su hermana quien le brindaba una copa de vino rojo...demasiado rojo diría yo.

- "Pasemos al comedor la cena esta lista"
Sentí nudos en el estómago nada más de imaginarme qué cenaría esa noche...nunca sentí la muerte tan cerca.

- "No me siento bien, la verdad se me fu el apetito espero y me disculpen"

- "No te preocupes querida la cena no te hará daño, al contrario te encantará"
La tía Irinea me llevo de la mano y me mostró mi asiento en la mesa, Cassandra tomo del brazo Antonio y juntos se dirigieron al comedor, sentí que los celos prendían fuego en mí interior y más aún cuando la tía Cassandra se sentó al lado de él.

"Dije que no tengo hambre, buenas noches"
Me levanté enfurecida y subí de inmediato a mi recamara. No escuche la voz de Antonio, era como si esa mujer lo había hipnotizado completamente.

Pasaron las horas y solo se escuchaban risas, la música empezó a tocar y decidí volver a escondidas; quería saber el porque Antonio seguía con ellas. Al bajar lentamente me escondí tras las cortinas y cual fue mi sorpresa al ver que Antonio bailaba abrazado con...no distingo quien de las dos es...mi vista se nublo y sentí desmayar por un momento, respiré profundo y volví a mi recamará confundida más que antes. Quien era esa mujer, no la pude distinguir, toda estaba en tinieblas, de lo que si puedo estar segura es que vestía diferente de las dos hermanas... ¿sería la tercera mujer que vimos esa noche?

Me arme de valor y decidí bajar, no podía estar en esta incertidumbre si algo iba pasar... que pasara ya.

- "Susana que haces aquí, pensábamos que dormías"

- "No he podido reconciliar el sueño con tanto ruido me ha sido imposible, ¿dónde se encuentra Antonio? no lo veo"

- "Salio a tomar el fresco de la noche"

- "¿Solo?"
La tía Irinea disfrutaba viéndome como los celos se hacían notorios en mí y, con una sonrisa cínica me dice…

- "Solo no, salio con Luna y Cassandra"

- "¿Luna?? ¿Quien es Luna?"
Acaso será la tercera "bruja" ya no sabia si sentir miedo o coraje, lo único que quería es salir corriendo y enfrentar Antonio por su cambio tan repentino.

- "Luna es nuestra sobrina lejana quien nos visita de Italia, Antonio no la conocía hasta hoy…llego después que te retiraste a tu habitación"

- "Cuanta familia de repente apareció, realmente me tiene sorprendida"
Y sin decir mas salí al jardín, efectivamente ahí se encontraba Antonio rodeado de esas dos mujeres. Luna era súper blanca con el cabello rojizo, ojos color violeta. Lucia un vestido azul turquesa, un collar largo de perlas, los labios igualmente pintados de un rojo brillante…que tienen estas mujeres que se parecen entre si…pensé.
"¡Antonio!!!! Que haces aquí con estas dos mujeres tú solo en la oscuridad, exijo una explicación"

- "Susana, ¡que haces aquí!"

Sorprendido al verme soltó del brazo a Luna y se encamino a donde yo me encontraba.

"Pensé que estarías dormida, déjame presentarte a una prima lejana se llama Luna"

- "Si ya lo se, tú tía Irinea me lo dijo-Lo único que no entiendo es dónde esta saliendo tanta familia, tú jamás me habías hablado de "ésta" prima"

- "Ésta tiene su nombre, pero claro se ve que no tienes educación"

- "Que sabes tú de educación si te encuentro abrazada de mí marido y ¿eres tú la ofendida??"

- "Por favor Susana ésta discusión no tiene sentido"
Me sujeto fuerte del brazo y me llevo dentro, las dos mujeres se quedaron riendo burlescamente, eso me enfureció aún más.

- "¿Algún problema sobrino?"

- "Ninguno tía, buenas noches"
Entramos a la recamará cerrando la puerta fuertemente que se escucho en toda la casa.

- "No entiendo tú actitud que hacías con ésa "nueva" mujer abrazado y la otra acariciándote el cabello en el medio de la oscuridad"

- "Estas confundiendo las cosas, en ese momento solo nos dábamos un abrazo de primos; ya hacia tiempo que no nos veíamos"

"Seguramente, y que hacia la otra acariciándote el cabello-¿cariño de sobrino? Por favor no me quieras ver como una estúpida, solo quiero que me aclares contra quien es la guerra, si también tengo que luchar contra ti"

- "Que cosas dices, sabes que estamos juntos en esto y jamás te dejaré sola"

- "Ya no estoy tan segura de eso"
Me acosté y al voltearme le dí a entender que no quería escuchar más mentiras.

Al día siguiente me levanté temprano, quería estar alerta de lo que pudiera pasar en esa casa llena de brujas, tenia que tener una estrategia para defenderme de ellas. Con o sin Antonio tenia que salir de ahí.

Me dí un baño y me paré frente al espejo, me veía tan insignificante al lado de esas tres bellezas, necesitaba urgentemente un cambio de imagen; la lucha se tornaba más entre mujeres. Así que me puse unos jeans y una playera, tomé mi bolso y me aseguré de traer suficiente dinero, pues sería un día lleno de cambios para mí.

Bajé y todos se encontraban desayunando, Antonio estaba ya sentado y no había tenido la delicadeza de esperarme...¡que pasa con él, que le han hecho estas mujeres!.

- "Hola querida, ¿nos acompañas a desayunar?"

"No, gracias, tengo prisa"
Antonio no se sorprendió con mi actitud pues la noche anterior no habíamos terminado en buenos términos, sin embargo esperaba que se levantará a seguirme para despedirse de beso como siempre lo hacia, pero no fue así; al contrario, me ignoro y siguió desayunando.

Me fui al café a desayunar, mientras esperaba en mi mesa, Sofía se acerca y se sienta acompañarme.

- "Hola que haces aquí tan temprano y desayunando tú sola amiga"
Una lágrima corrió por mi mejilla, la cual no pude hacer nada para detenerla.
"Que te pasa te encuentras bien, ¿por qué lloras?"

- "No estoy bien, me siento muy triste; mi vida se ha convertido en un infierno"

"Tú marido te trata mal, abusa de ti… ¿no te entiendo?"

"No se trata de él, son sus tías y ahora una prima lejana apareció de la nada y todas viven con nosotros, lo peor de todo es que las tres son brujas"
Sofía no pudo evitarlo y soltó la risa, no podía creer lo que escuchaba; más bien pensó que me estaba volviendo loca y no sabia lo que decía.

"En que te basas para asegurar que esas mujeres son brujas, perdóname que me ria pero encuentro esta historia muy fantasiosa"

"Te entiendo y no pretendo que me creas, yo sé realmente que todo suena irreal, pero es la verdad. Cambiemos de platica y hablemos de cosas más agradables, sabes, hoy decidí hacerme un cambio de imagen; comprarme ropa nueva…etcétera-¿conoces algún salón de belleza que me recomiendes?"

- "¡Claro que si!! Si gustas te acompaño de compras, tengo algunas cosas que hacer, pero las haré más tarde"

- "¡Me encantaría Sofía!"
Terminamos el café y salimos a visitar tiendas de ropa, me acordé de la pequeña tienda exclusiva en la que compré mi vestido para mi primera cita con Antonio, había ropa muy bonita aunque los precios eran costosos no me importaba, pues Antonio tenía dinero y por lo tanto era mío también.
Entramos a la tienda y el aroma me recordó aquel día tan especial para mi, me quede por un momento recordando aquellos días que me hicieron feliz.
Estuvimos recorriendo la tienda, me probé varios vestidos y al final me compré tres; uno color rojo, negro y blanco eran realmente hermosos y ni en el precio me fije.

Salimos de ahí y no visitamos algunas tiendas de zapatos. Me medí varios pares de zapatillas preciosas e igualmente me compré un par de ellas, así como accesorios y bolsas. Después de caminar y visitar varias tiendas, Sofía me llevo al mejor salón de belleza que existía en ese pequeño pueblo.

- "Este lugar es exclusivo te van a dejar irreconocible"

- "eso espero pues me urge un cambio de imagen"
Sofía se despidió pues quería aprovechar su día de descanso para hacer otras cosas, no sin antes advertirme que nos veríamos mañana para ver como luciría, le dije que fuera al mediodía a casa ahí tomaríamos un té y unos pastelillos.

- "No faltaré por nada del mundo"
Tinte de cabello, corte, maquillaje; me veía otra persona, parecía que me había quitado varios años de encima. Al verme al espejo no podía creer lo diferente que lucía, mis ojos azules resaltaban con el color de cabello, era realmente otra mujer... me sentía sexy.
Salí muy contenta del lugar, le agradecí al estilista con una generosa propina asegurándole que sería su clienta fiel.
- "¡Hola a todos!"
"¡Wow! ¡Que te has hecho que luces hermosa mi amor!"
"¡Te gusta como luzco!!"
Las tres mujeres se encontraban sentadas en el portal tomando una copa de vino, las tres voltearon sorprendidas con mi cambio.

"Te ves bien querida, ya te hacia falta un cambio"
El comentario no me ofendió, pues sabía que tenía razón así que no le tome importancia.

"Espero que la cena este lista me muero de hambre fue un día muy largo, pero divertido a la vez"
Antonio no dejaba de admirarme y eso hizo que levantará la furia de Luna y Cassandra.

- "No cenaremos hoy aquí, nos iremos tú yo a cenar fuera te ves tan hermosa que será un placer salir con una mujer bella como mi esposa"

Eso me sorprendió y me hizo sentir muy feliz, nos dimos un beso y salimos juntos de la mano.

Pasamos una noche inolvidable fuimos a un elegante restaurante, la cena deliciosa y brindamos con un rico champagne, terminamos la noche bailando una balada romántica, abrazados como dos enamorados.

"Te amo Susana"

"Y yo también te amo"

Llegamos casi al amanecer, al entrar a la casa escuchamos unas voces y risas en el jardín, despacio nos dirigimos hacia la ventana y tras las cortinas pudimos ver a las tres brujas danzando alrededor del fuego, dos de ellas vestidas de negro y una vestida de blanco... no pudimos distinguir quien era la de blanco pues todas parecían idénticas.

"Están haciendo de nuevo el ritual pero ya ésta a punto de amanecer, ¡OH Dios mío! se están desapareciendo entre el fuego.

"¿A donde crees que se irán?"

"No tengo idea, solo quisiera que se fueran y no regresarán nunca"

- "Vámonos a descansar, ya mañana pensaremos con calma como buscaremos ese libro que me dijiste"

- "Si claro, por un momento lo olvidé. Mañana me dedicaré a buscarlo en cada rincón de esa biblioteca"

Al día siguiente, Sofía llego puntual a mi casa, para su mala suerte no se encontraba ninguna de ellas en la casa, pues aún no habían regresado desde la noche anterior.

"Hola Sofía que gusto que hayas venido, pasemos a la sala, ¿gustas tomar algo?

"Una limonada estaría bien, gracias"
"Matilde por favor tráenos dos vasos de limonada fresca y me avisas cuando la comida este lista"
- "Claro que si Sra. enseguida les traigo sus bebidas"

Estuvimos conversando por un largo rato, al momento de pasar al comedor la puerta se abrió y entraron las tres mujeres tan arregladas como siempre, parecía que los desvelos las hacían lucir más hermosas.

"Sofía te presento a Luna quien es prima de Antonio y sus dos tías Cassandra e Irinea"

Sofía se quedo por un momento sin habla, pues la belleza de esas tres mujeres la impresiono.

- "Mucho gusto Sofía, no sabíamos que Susana tuviera amigas tan agradables como tú"

Con una sonrisa sarcástica Irinea saludo, después las tres subieron a sus habitaciones; debieron andar demasiado cansadas después de no dormir toda la noche.

- "¿Me imagino que no nos acompañarán a comer? Se ven tan casadas, estuvo bien la velada de anoche, ¿no es así?"

Se dieron cuenta en el tono de mi voz, al igual que ellas iba aprendiendo a usar mis palabras sarcásticamente.

-"¡Estuvo muy divertida!!
Terminamos de comer y salimos al portal a tomarnos una copa de vino, Sofía no paraba de hacerme preguntas acerca de ellas, no podía creer que Antonio tuviera tías tan jóvenes y bonitas.

- "Parece que llevan una buena relación, se ven muy agradables y no creo que sean lo que tú dices que "son" no quiero pronunciar esa palabra aquí, no vaya ser que nos escuchen"

- "Estas en lo cierto, pueden escucharnos todo lo que estamos hablando, será mejor que cambiemos de platica"

Nos despedimos y quedamos de vernos pronto para tomar un café.

Pasaron los días y todo se veía tranquilo, no había discusiones ni desacuerdos, Antonio pasaba menos tiempo con ellas y más tiempo conmigo; así que eso me mantenía contenta.

Durante todos esos días nos dedicamos a buscar el famoso libro del cual no tenia ni idea como era; solo me imaginaba un libro empolvado, con sus hojas amarillas, y su portada de piel café... quizá era así, quizá no.

Una tarde mientras me encontraba en lo alto de una escalera revisando unos libros, sentí como si alguien la moviera con fuerza, la escalera se tambaleo de un lado al otro y uno de mis pies se resbalo perdiendo el equilibrio, empecé a caer raspando mis piernas, pero gracias a Matilde quien entraba en ese momento pudo detener la escalera y me ayudo a bajar lentamente. Mis piernas me temblaban y mi corazón latía rápidamente; bebí un vaso de agua para tranquilizarme.

"Gracias Matilde si no hubiese sido por ti, ahora estuviera muerta"

- "¿Sra. como perdió el equilibrio?"

- "No lo sé, solo sentí que alguien movió la escalera fuertemente, más no vi a nadie"

- "Que extraño cuando entre no había nadie aquí, talvez la escalera se inclinó sola"

- "Puede ser"

Me fui a recostar pues aún sentía mis piernas temblar, estaba segura que alguien había movido la escalera, pero como saberlo.

No tenía ánimos de levantarme y mucho menos encontrarme con alguna de ellas, ya que podría jurar que quisieron atentar contra mi vida. Antonio se entero de lo ocurrido y subió a verme.

- "Mi amor te sientes bien, ¿no te paso nada? No puedo creer que estuviste apunto de caerte de tan alto, gracias a Dios que estas bien.

- "Si, no te preocupes, aunque hay algo que tienes que saber…"
- "Que pasa"
- "Alguien quiso provocar ese accidente, pero fallo"
- "Por que dices eso, ¿acaso viste a alguien mover la escalera?
- "No, pero si sentí que la movieron con fuerza"
- "Talvez fueron tus nervios al creer que perdías el equilibrio"
- "No Antonio, yo sentí que la movieron… tienes que creerme"
- "Estas pensando que fue una de ellas quien quiso matarte"
- "Estoy segura, y también creo que la guerra apenas comienza"
Nos quedamos en silencio tratando de encontrar respuesta a lo ocurrido.

Seguimos con la búsqueda, mientras que ellas seguían con sus rituales cada siguiente noche, Luna no perdía la oportunidad de acercarse Antonio cada vez que podía, eso me irritaba y no podía dejar de sentir celos, pues era muy hermosa y atractiva cualquier hombre no se resistiría a sus encantos.

Los días, las semanas y meses transcurrieron y no había señal del famoso libro; todo estaba en nuestra contra. Me sentía prisionera en esa casa, y siempre cuidándome de las maldades de esas brujas.

- "Disculpa tía Irinea, ¿de casualidad has visto Antonio?
- "Si, creo que salio a cabalgar con Cassandra y Luna"
- "¿No sabia que había caballos? - "Si los hay, se encuentran en las caballerizas, ¿acaso nunca has visitado esa parte de la casa?
"En realidad no, y Antonio nunca me había mencionado que supiera cabalgar, ¿por qué usted no los acompañó?
- "Porque a mi no me gustan los caballos"
"¿Y no saben como a que hora regresarán?
Sentí que la sangre me hervía por dentro- por qué Antonio se fue sin avisarme y con esas dos.
- "No querida, pienso que pasaran el día en el campo, pues llevaron almuerzo y bebidas"

No quise decir más y salí enfurecida, me dirigí a las "caballerizas" y efectivamente había caballos, pero lo que más me extraño es que todos eran negros como la noche, realmente ¡hermosos!! Elegí uno y lo monté; cuando niña mi padre me enseño a montar a caballo, solo teníamos uno y no era tan bonito y fino como estos, pero lo quería mucho hasta el día que murió. Me sentía como en las nubes, pues era grande y majestuoso digno de un caballo pura sangre. Tenia tiempo que no montaba a caballo, así que sentí un poco de miedo pero tan solo pensar que Antonio estaba con esas dos, el miedo se borraba de mi mente.

Recorrí parte del campo y sus colinas, más no los veía por ningún lado-¡dónde se habían metido!- mil cosas pasaron por mi mente, esas dos brujas tenia hechizado Antonio y yo tenia que actuar de inmediato. Pérdida de tanto buscar, llegué hasta la orilla del río, se veía cristalino y profundo lo cual me hizo retroceder un poco, me dio temor de cruzar hacia el otro lado.

Dí la vuelta y me fui triste de tan solo pensar que Antonio estaba bajo la seducción y el engaño de ellas. El sol empezaba a ocultarse y el atardecer se tornaba cada vez más hermoso, por un momento desee ser yo quien estuviera en esos momentos en sus brazos.

Regresé a casa sola y cansada, pero para mi sorpresa ellos se encontraban ahí...Que raro pensé, no nos cruzamos en el camino.

- "Susana, me dijo mi tía Irinea que habías salido a buscarnos"
- "No fue así, solo me fui a montar a caballo la tarde estaba muy agradable y me sentía sola, y tú, ¿a donde andabas?
- "Estuve trabajando en la biblioteca y después fue a comprar unas cosas que necesitaba"

Por que empezaba ocultarme las cosas o ¿será verdad lo que me dice?

- "Antonio, podemos hablar un momento, subamos a la recamara por favor"

"Tu tía Irinea me dijo que habías salido acompañado de Luna y Cassandra a montar a caballo, quiero que me digas si es verdad eso o la historia que me acabas de contar"

- "¿A montar a caballo? Claro que no, tengo tiempo de no hacerlo, además porque tendría que salir precisamente con las que consideró mis enemigas"
- "Y por qué nunca me habías dicho que teníamos caballerizas, ¿acaso hay muchas más cosas que existen en este lugar y aún no lo se?"
- "Perdóname no pensé que era importante, tampoco creí que te gustaban los caballos"
- "Hay muchas cosas que aún no sabes de mí, pues nunca te has tomado el tiempo para preguntarme y menos ahora que te tienen tan ocupado"
- "A que te refieres"
- "A que ya me di cuenta que Luna y Cassandra no pierden la oportunidad de estar contigo, dime la verdad, ¿te gusta alguna de ellas?
- "¡Que cosas dices!, por supuesto que no, tú sabes que te amo solo a ti y jamás pondría mis ojos en nadie más y mucho menos en esperpentos como esas"
No pude más y me puse a llorar como una niña, sentí sus brazos y volví a creer en el.
"Por favor mi amor tienes que creer en mi, estamos juntos en esta batalla y tenemos que vencer sino ellas acabaran con nosotros"

"No se como hacerlo, actúan tan normal que nadie se imaginaria lo que pueden llegar a ser. Entonces porqué Irinea me dijo que habías salido con ellas, ¿cual era su propósito?"
- "Ella solo quiere que empieces a desconfiar de mí y que al final terminemos como enemigos"
- "No quiero que eso pase"

Me di un baño y use uno de los vestidos que me compré, lucia muy bien y eso me levanto el ánimo. La cena estaba lista y todos estaban en el comedor, baje con elegancia y me senté disimulando una sonrisa falsa, pues tenia que aparentar que todo estaba bien.

- "Quiero comunicarles que este fin de semana daremos una fiesta en la mansión"

- "¿Y por qué la fiesta?
- "Celebraremos el cumpleaños de Luna quien estará cumpliendo veintidós años"
  - "¡Que jovencita eres Luna!! Nunca me imagine que tuvieras esa edad"

me ignoró pues era evidente que no me soportaba y yo menos a ella, en realidad me contuve por decirle que no era edad para perseguir a hombres casados y mayores que ella.

"Gracias por pensar en mí, jamás he tenido una fiesta de cumpleaños"
- "¡Será la mejor!, y te aseguro que nunca la olvidaras"
Comentó Cassandra, con una sonrisa de misterio.

Antonio estuvo callado y su mirada solo era para mi, lo que hizo que Luna mostrará sus celos y su descontento.

- "Sobrino quiero que me ayudes a buscar los teléfonos de las amistades más cercanas y también quiero que te encargues de abrir el salón de fiestas que se encuentra cerrado por mucho tiempo"
- "Tía lo siento no poder ayudarte, tengo bastante trabajo solo te buscaré los teléfonos de algunos amigos que creo puedan asistir, Matilde se encargará de tener listo el salón de baile para ese día"

Yo no quería opinar pues esa fiesta no me hacia muy feliz y quien sabe que tipo de amistades tendrán, espero y no vengan una cuadrilla de demonios y se convierta este lugar en un infierno.

Terminamos de cenar y de inmediato abrieron una botella de licor, que en realidad nunca lo había visto en mi vida.

- "¿Que clase de licor es éste?
"Es un licor muy fino que lo traje de Europa, no en cualquier lado se encuentra… ¿gustas una copa?"
- "Si, gracias"

Estuvimos tomando hasta el amanecer, era realmente adictivo pues no podía dejar de tomar. De repente todo me daba vueltas y como pude subí las escaleras, llegue a mi recamará y me acosté, todo me daba vueltas sentía como que caía a un precipicio sin fin.

Al despertar me sentía cansada y sin ánimos de nada, el cuerpo
me dolía y la cabeza me quería reventar, me di cuenta que Antonio
no había subido a dormir ¡donde se quedaría!

Baje de inmediato, no había ningún ruido en la casa, parecía
que todos habían salido, ¿dónde esta todo el mundo?

- "Matilde ven aquí por favor, ¿sabes donde se encuentra
Antonio?"

- "Sra. hace tres días que salio con sus tías y la Srita. Luna
fueron a comprar todo lo que van a necesitar para decorar el salón
de fiestas"

- "TRES DIAS!!! No puede ser, apenas anoche estuvimos todos
tomando unas copas aquí, ¿a que día estamos??

- "Hoy es lunes Sra. la última vez que cenaron aquí fue el
viernes por la noche, usted ha estado enferma todos esos días por
eso es que no pudo acompañarlos"

- "No puede ser, debo estar soñado por favor dime que todo es
un sueño…no me acuerdo de nada, como es posible que el tiempo
haya pasado tan rápido y no me haya dado cuenta"

- "¿Gusta tomar una taza de té para que calme sus nervios?"

"Si por favor y, ¿donde dices que se fueron?"

- "Creo que fueron a Marbella"

- "QUEEEE!! Esto es demasiado para mi"

- "Tranquilícese Sra. va a volver a recaer"

- "Yo no estoy enferma fue esa bebida que me dieron a tomar
esa noche, de seguro que pusieron algo en mi copa para que
terminará drogada"

No quise saber más y salí a buscar mi caballo necesitaba
alejarme de esa casa y pensar muy bien en lo que iba hacer. Me
fui y subí unas Colinas eran un poco altas de las cuales podía ver
muy bien la casa y sus jardines, se veía algo extraño atrás de la casa,
era como un laberinto que daba vueltas en circulo y en el centro
se encontraba un hoyo. Me entro temor y curiosidad al mismo
tiempo, quise averiguar que era ese lugar y por que se encontraba
ahí. Decidí volver a la casa antes que oscureciera; talvez podía ir
hasta ahí y verlo de cerca, más sin embargo la distancia parecía que

se había hecho más larga, el sol poco a poco se iba ocultando tras la montaña y la oscuridad se iba haciendo presente; haciendo difícil la visibilidad.

Cuando llegué a las caballerizas me di cuenta que faltaban tres caballos, de inmediato pensé que Matilde me había mentido así que entre furiosa a la casa para que me dijera la verdad.

CAPITULO TRES

- "Matilde, en la caballeriza faltan tres caballos, que ha pasado con ellos, ¿sabes algo al respecto?"
- "Si Sra. esos caballos fueron vendidos por su tía Irinea y precisamente ayer vinieron a recogerlos"
- "¿La tía Irinea vendió esos caballos?? ¿Y con la autorización de quien hizo eso?"
- "Lamento no poder contestarle esa pregunta Sra."

Conque derecho esa mujer toma posesión de las cosas de esta casa, ¿será que ella es la dueña de todo esto? No, no lo creo Antonio siempre me ha dicho que su padre la mando construir para su familia, ellas solo son unas intrusas.

Cansada y sin ánimos de nada subí a mi habitación no quise cenar, lo único que quería era dormir. La noche estaba demasiado oscura y sin estrellas, la luna se había ocultado tras unas nubes densas, todo se sentía totalmente sereno.

Cerré mis ojos y sin sentirlo ya había entrado en un sueño profundo el cual se tornaba un tanto misterioso, pues me encontraba frente a ese laberinto; sus paredes eran de piedra, cubiertas con unas densas enredaderas de las cuales salían unos rosales hermosos, pero llenos de espinas imposibles de tocar. En la entrada se encontraba una antorcha encendida que sin pensarlo la tomé y me dirigí hacia adentro, un aire frío helo todo mi cuerpo y mi mente y mi corazón me pedían que retrocediera, más mis piernas no respondían, al contrario empecé a caminar a pesar del peligro al que me enfrentaría. Caminé y caminé por pasillos oscuros e inciertos, empezaba a desesperarme pues no encontraba una luz que me indicará la salida. El sueño se fue tornando en una horrible pesadilla pues estaba atrapada en un callejón sin salida, y sin que nadie pudiera ayudarme. En mi desespero me encontré a orillas del hoyo, el mismo que había visto cuando me encontraba en la colina, estaba ahí y dentro de el se veían unas escaleras de piedra que te llevaban al fondo del mismo. Me quede observando con atención, cuando de repente una mano helada sujeto mi pierna y con un grito de terror desperté.

Al despertar Antonio se encontraba junto a mí y con una mirada de asombro le pregunté:

- "¡Antonio!! Que haces aquí"
- "Como que hago aquí, se te olvido que aquí vivo"

Con su sonrisa inocente y traviesa me hizo que olvidará por un momento la pesadilla que había tenido.

"Mi amor veo que te sientes mejor, tu buen humor a regresado y tienes mejor semblante en tu cara, ya me tenias preocupado pues has pasado durmiendo horas y horas"

- "De que hablas si ayer me levante y tú no estabas Matilde me dijo que hacia "tres días" habías salido con tus tías y Luna rumbo a Marbella, que tienes que decir al respecto"
- "¿Hace tres días?? Creo que estuviste soñando más de la cuenta, es verdad que ayer me ausente casi todo el día pero fue por razones de trabajo"
- "No mientas por favor necesito saber quien esta diciendo la verdad si tú o Matilde"
- "Que tiene que ver Matilde en esto"

"Ayer me levante y me di cuenta que no habías dormido en la cama, así que baje y pregunté por ti, ella me dijo que todos habían salido hacer compras a Marbella para la fiesta y que yo había estado enferma y durmiendo por tres días"

Unas carcajadas se dejaron escuchar por toda la habitación como si yo hubiese dicho algo demasiado chistoso.

"Por favor Antonio de que te ríes, estoy hablando enserio y te aseguro que no lo eh soñado"

- "Me río porque por un momento me imagine que tú eras la Bella Durmiente y yo el príncipe que ha venido a despertarte con un beso"

- "jajá no le veo lo chistoso por ningún lado, Matilde tendrá que darme una explicación a todo lo que me dijo"

- "Hablemos con seriedad...primeramente ellas no andan a Marbella sino a Paris y salieron esta mañana. Hoy es sábado y anoche estuvimos tomando unas copas de las cuales se te subieron y fue así que no te has sentido bien. Otra cosa, por si no te has dado cuenta son las nueve y media de la noche, has dormido casi todo un día entero.

- "Ahora que lo mencionas ese licor que me dieron a tomar estoy segura que contenía algo, pues es imposible que yo haya dormido tanto y que además haya "soñado tantas cosas" que ahora resulta no son ciertas. Ellas me drogaron y quiero saber cual fue su propósito y si tú tuviste algo que ver en eso"

- "Como puedes pensar eso de mí yo jamás haría algo en tú contra, además yo también estuve pensando en eso, pues ya me tenias muy preocupado ver que no despertabas"

- "No se si creerte todo es tan confuso; puedo asegurar que todo lo que vi y dije fue verdad y no una fantasía proveniente de mis sueños. Parece que todos se empeñan en volverme loca de una forma u otra"

- "Que locuras dices, no pensemos más en eso, lo importante es que ya te sientes mejor y para celebrar te invito a cenar, así que arréglate y te espero en diez minutos"

- "Como que ha cenar si me has dicho que son las nueve y media de la noche, ¿adonde iremos tan tarde?"

- "No te preocupes, es fin de semana y hay suficientes lugares que cierran tarde así que apresúrate"

Me levanté y tomé un baño relámpago, busque un vestido bonito y en diez minutos exactamente estaba lista. Subimos al auto y no pregunté adonde nos dirigíamos estaba cansada de preguntar, quise disfrutar mi noche, aunque sin tomar una bebida, pues tenia miedo de quedarme inconciente otra vez.

- "¡Bienvenidos! su mesa esta lista"
- "¿Habías hecho ya la reservación?"
- "Si esta mañana, pensé que no pasaría esta noche sin que te despertaras"
Como podría estar tan seguro que me despertaría y aceptaría su invitación. Como quiera que sea estamos solos, y esa tres mujeres se han marchado y espero que sea por muchos días. Se veía tan contento que no supe si contarle de la existencia del laberinto atrás de la casa... ¿será que lo sabe?...que tonta claro que lo sabe pues es su casa ¿o no?

Cenamos y bailamos nuestras canciones favoritas, salimos de ese lugar muy tarde y sin contar que la lluvia nos agarro en el camino, así que llegamos casi al amanecer. El sol se empezaba asomar tras la colina, todo se veía especialmente sereno como si la paz reinará en ese lugar a esas horas de la mañana.

- "Mi amor quedemos aquí por un momento, quiero que contemplemos el amanecer y apreciar el rocío de la mañana; esta tranquilidad no se disfruta todos los días"
- "Tienes razón la tranquilidad de esta casa ha sido robada hace muchos años y lucharé para que vuelva a ser como antes"

Así nos quedamos por lo menos una hora, escuchando el canto de los gallos a lo lejos nos indicaba que era momento de empezar un nuevo día.

"Vamos a descansar por lo menos unas horas y después nos dedicaremos a la búsqueda del libro"
- "Mi amor quiero contarte que el otro día estuve paseando a caballo y cuando estaba a lo alto de la colina pude ver que atrás de la casa se encuentra un laberinto...¿tú ya lo has visto?"
- "¿Un laberinto?? ¿Estas segura que se trata de un laberinto?"
-"Si estoy segura que esta ahí, porque no vamos a revisar más tarde"
- "Muy bien iremos después que descansemos un poco, me interesa saber de la existencia de ese laberinto, eh vivido toda mi vida en este lugar y jamás lo eh visto"

Descansamos por unas cuatro cinco horas y al despertar escuchamos voces desconocidas, rápidamente desperté Antonio y nos apresuramos a vestirnos para investigar quienes eran esas personas y que hacían en la casa.

Matilde se encontraba atendiendo con bebidas y aperitivos a las visitas quienes se encontraban sentadas en la sala principal.

- "Buenos días en que podemos servirles"

Antonio y yo saludamos amablemente, los dos hombres se levantaron de sus asientos, Uno de los hombres era sumamente atractivo, alto, tez bronceada, cabello claro, vestía un pantalón de vestir y camisa blanca. El otro era el más joven e igualmente atractivo, éste era un poco más bajo, ojos verdes y cabello oscuro.

- "Mucho gusto mi nombre es Fernando, él es Julián, somos hermanos de Luna, decidimos darle una sorpresa; esperemos no ser oportunos. Somos tus primos lejanos, no habíamos tenido el gusto de conocernos"

Era un hombre finamente educado y formal, tenía una voz varonil y al mismo tiempo serena, la cual me impresionó tan solo al escucharlo. Me puse un poco nerviosa pues sus ojos no dejaban de verme y Antonio se dio cuenta enseguida lo cual hizo que su actitud cambiará rápidamente.

- "Así es, nadie nunca me había dicho que tenia primos. Su hermana no se encuentra en este momento, ella y mis tías han salido de viaje y no se cuando regresarán"

Al ver que no les ofrecimos hospedaje, se despidieron no sin antes preguntar si quedaba algún hotel cerca. Antonio les dio algunas instrucciones de como llegar al único hotel que se encontraba en el pueblo.

- "Si gustan pueden acompañarnos a cenar esta noche" sugerí, ya que si no les ofrecimos hospedaje por lo menos una invitación a cenar hablaría bien de nosotros.

Antonio se me quedo viendo pero no dijo nada, solo confirmo la invitación, a lo que ellos aceptaron felizmente, quedamos de recogerlos a las 8:00pm.

"¡Parece ser que Luna ya empezó hacer su lista de invitados!!"

- "Tienes razón, no sabia que Luna tuviera hermanos, siempre creí que era hija única"

- "Ya vez todo esto me esta pareciendo muy extraño, de donde esta saliendo tantos parientes lejanos que ni tú mismo los conocías.

Debemos estar preparados para lo que se avecina que no ha de ser nada bueno"

- "Bueno cambiemos de platica, recuerda que tenemos que ir a buscar ese "famoso" laberinto que dices que existe detrás de la casa"

- "Sé que no me crees, pero al verlo con tus propios ojos me creeras"

Desayunamos algo ligero y salimos a investigar el lugar, yo también tenía curiosidad pues solo lo había visto de lejos y en mis sueños.

Llegamos hasta donde se encontraban las caballerizas, seguimos un camino que rodeaba la casa, tras de ella se encontraban árboles frutales y un jardín cubierto de rosas que se enredaba en una enredadera.

"Sigamos esa enredadera, estoy segura que nos llevará hasta ahí"

- "¿Porque estas tan segura?"

- "Porque el laberinto esta cubierto con una enredadera cubierta de rosas. En la entrada hay una antorcha la cual podemos usar para entrar ya que adentro está muy oscuro"

- "¿Todo eso lo viste en tus sueños?"

- "Así es, ¿no te parece extraño que éste teniendo este tipo de sueños premonitorios?"

Mientras íbamos hablando observamos que frente a nosotros se encontraba dicho laberinto; tal y como y yo se lo había descrito.

- "Esto si que es nuevo para mi, nunca lo había visto en mi vida"

- "Parece que siempre ha estado aquí y por su arquitectura nuevo no es. Que te parece si entramos los dos, talvez podamos llegar hasta el centro"

- "Y si no encontramos la salida y nos agarra la noche, recuerda que tenemos invitados que vendrán a cenar"

- "Parece que te da miedo entrar"

- "¡Claro que no!! Lo importante es planear bien antes de entrar, he escuchado historias de personas que no salen y mueren dentro"

- "Quizá tengas razón no había pensado en eso, debemos prepararnos bien, ¡pero tiene que ser pronto!!"

- "Susana cual es tú objetivo de saber que hay dentro de ese sótano"

- "Es más que un objetivo, es una prioridad pues quizá ahí encontremos lo que andamos buscando... ¡el libro!!"

- "¿Tú crees que ahí lo encontremos??"

- "Claro es un buen lugar para esconder secretos, aunque no te veo muy convencido de entrar"

- "No es eso, sabes que él más interesado soy yo, pues de ese libro depende nuestra libertad"

- "Entonces empecemos a planear como entrar y salir con vida de ahí"

De pronto se me ocurrió una idea, recordé que cuando estuve en lo alto de la colina se podía ver que tan grande era y quizá hasta podríamos distinguir cuantas salidas y entradas tiene hasta llegar al centro, al igual que su salida. Se lo comenté Antonio y nos fuimos a buscar nuestros caballos, llegamos a la colina y exactamente desde de lo alto se podía apreciar muy bien lo largo y ancho del laberinto; también pudimos ver que solo tenía dos entradas y una salida, lo cual lo hacia más difícil.

- "Mi amor tenemos que volver pues aún tengo que resolver unos pendientes en la oficina"

- "Aún no me has dicho porqué la tía Irinea vendió los tres caballos, lo hizo con tú permiso o ella tiene derecho a disponer de las cosas de ésta casa"

- "Recuerda que te dije que las tías hicieron mucho dinero engañando a la gente. Mi padre quedo en bancarrota y casi perdía su propiedad, las tías se ofrecieron a pagar la mitad de la deuda, así fue que la casa se pagó; pero mi padre se quedo comprometido con ellas por el resto de su vida. La mansión y todo lo que en ella hay, la mitad les pertenece, y la otra mitad soy dueño...bueno somos dueños"

- "¡Quieres decir que ellas se van a quedar a vivir con nosotros para siempre!!"

- "Por el momento así va hacer, si no es que antes encontremos el secreto para derrotarlas"

- "Porque no tratamos de irnos lejos, talvez esa maldición no exista más"

- "Existe y aunque tratemos de huir nos alcanzará y nos hará regresar tarde o temprano"

Seguimos cabalgando en silencio, cada uno en sus propios pensamientos; las horas transcurrían y con ellas nuestros deseos de libertad.

Llegamos a la casa y Matilde nos había preparado un almuerzo ¡delicioso!! Teníamos tanta hambre que no dudamos ni un segundo en sentarnos a la mesa, quede tan satisfecha que me acosté para tomar una pequeña siesta.

- "Susana despierta ya son las seis de la tarde, has dormido por más de tres horas"

- "¿Tres horas?? ¡No lo puedo creer!! Porqué no me despertaste"

- "Te mire tan a gusto dormida que no quise despertarte, espero que te sientas descansada para la cena de esta noche, que para serte sincero no quisiera ir"

-"Sería una grosería que canceláramos la cena"

- "Si tienes razón, ya nos comprometimos en invitarlos y debemos ser puntuales"

Antonio lucía un traje negro, se veía particularmente atractivo que no hubo necesidad de compararlo con ese hombre Fernando quien por supuesto tenía lo suyo. Estuve midiéndome todo lo que tenia en mi guardarropa, no encontraba nada que me gustará, nuevamente me sentía fea. De donde están saliendo mujeres tan hermosas y todas parecidas entre sí, debe existir un secreto que las mantiene jóvenes y bonitas.

- "¡Te ves muy bonita mi amor!!"

- "Solo me veo bonita... sé que no soy hermosa como todas esas hechiceras que viven en esta casa y menos aún con esa mujer, Luna"

Me sentía irritada y muy molesta, pues Antonio así como cualquier otro hombre se quedaban hipnotizados con la belleza cautivadora de todas ellas.

- "Por qué te molestas, sabes que para mi eres la más hermosa, ellas no tienen un corazón tierno como el tuyo y una sonrisa dulce como tú" No se que tenían sus palabras que siempre terminaba convenciéndome, sus besos hacían que olvidará mis enojos.

Estábamos a punto de salir cuando Luna y las dos tías entraban a la casa, al vernos vestidos se apresuraron a preguntar.

- "A donde van tan elegantes, ¿tienen alguna cena especial?"
- "Hola como les fue en su viaje"

Ignoré su pregunta y les cambie la platica, no quería que supieran que los hermanos de Luna habían llegado y precisamente cenaríamos con ellos.

Antonio me siguió el juego, no comentó nada de los invitados y solo les contesto:

- "Solo vamos a cenar y a bailar un poco, estábamos aburridos y decidimos salir a distraernos,¿ no es así mi amor?"
- "Así es, nos gusta salir a bailar de vez en cuando"
- "Sr. Antonio el chofer me dice que sus invitados se encuentran hospedados en el hotel Mirador, ya se encuentra listo con el carro"

Nunca pudo ser más oportuna que en ese momento, todas voltearon al mismo tiempo hacia nosotros y sin perder el tiempo no se hizo esperar la pregunta.

- "¿A que invitados se refiere Matilde?"

Antonio no supo más que decir la verdad, le tenía cierto temor especialmente a la tía Irinea quien con una mirada podía controlar la situación.

- "Esta mañana llegaron los hermanos de Luna, se hospedan en el hotel y decidimos invitarlos a cenar"
- "¡Mis hermanos!! No lo puedo creer que estén aquí"
- "¿Como es que no sabíamos que tenias familia?"

Sentí que el coraje empezaba a encender mi sangre pues en ese momento quería tener el poder de correr a todas ellas de la casa, más me contuve pues sabia que no tenia ese derecho de hacerlo.

- "No tengo porque contar mi vida privada a cualquier persona que conozca"

Con una risita de burla me contestó y se apresuró a saludar Antonio, dándole un beso muy cerca de su boca, eso fue más de lo que pude soportar, le di una bofetada que nunca se le va a olvidar, creo que desde ese momento les declare la guerra abiertamente.

Luna subió las escaleras fingiendo un llanto que no sentía; más bien era de coraje y rabia hacia mí.

- "¡Esto si que es ridículo!!¡Como te puedes molestar con un simple beso!"

"Déjala Irinea, creo que esta vez estoy de acuerdo con ella, Luna se toma derechos que no le corresponden y ahí tienes las consecuencias; sin embargo no dejo de pensar que tú eres demasiado aprensiva con Antonio…tranquilízate Querida, nadie puede robar algo que no nos pertenece"

- "No me interesa lo que ustedes piensen, no soy ninguna ilusa, sé que Luna y Cassandra tienen un interés especial por mi marido que no tiene nada que ver con cariño de primos, y guárdate tus comentarios que no tienen ningún sentido"

- "Vámonos mi amor que se nos hace tarde"

Como si nada hubiese pasado cambiaron la platica rápidamente y preguntaron donde íbamos a llevar a sus invitados, me quede callada pero Antonio no tuvo más que decirles el lugar a donde iríamos.

- "¡Que se diviertan!!"

Ya estando en el carro comenzó mi discusión con Antonio, me sentía tan triste de ver que esas mujeres podían manejar Antonio a su antojo…pero ¿por qué no se defendía y las enfrentaba?

- "Dime porque siempre tienes que hacer o decir lo que ellas te ordenan, cual es ese miedo que les tienes"

- "¡No es miedo ya te lo dije!! Ellas son malditas y pueden hacernos cosas terribles que no te puedes imaginar, por favor cariño olvidemos lo que pasó y disfrutemos esta noche"

- "Como vamos a disfrutar si no estamos yendo solos; además estoy segura que "esas" se van a presentar sin haber sido invitadas… como siempre"

- "Si eso pasa será mejor que las ignoremos, no podemos ser groseros frente a unos invitados que apenas conocemos"

- "Trataré pero no te prometo nada, con toda esta gente todo se puede esperar"

Al llegar al hotel los invitados nos esperaban en el lobby, los tres estaban sumamente elegantes, pero ese hombre Fernando tenia algo que me hipnotizaba, quizá eran esos ojos enigmáticos que poseían un brillo especial, o quizá su voz fuerte y varonil…no lo se que me provoca este hombre, debo mantenerme lejos de él.

"Hola, ¿llevan tiempo esperándonos?"

- "No, hace unos minutos que bajamos de nuestra habitación; ¿Luna y sus tías no nos acompañan a cenar?"

¿Como saben que ellas ya han llegado? Si esta mañana les habíamos dicho que se encontraban de viaje, ¿será que están en comunicación?

- "Ellas llegaron hace un par de horas, se sentían cansadas del viaje y decidieron quedarse"

- "Que pena nos hubiese gustado cenar todos juntos y ver a nuestra hermana"

- "Ya habrá tiempo del que puedan disfrutar, ya que Luna celebrará su cumpleaños en unos días

-"Es verdad, como pudimos olvidar su cumpleaños"

Nos fuimos al restaurante el cual era el más elegante del pueblo, la comida era riquísima y además era piano-bar. Antonio y yo siempre veníamos a este lugar y nos quedábamos hasta que nos cerraban… ¡tengo buenos recuerdos de este lugar!!

La mesa estaba lista, nos trajeron unas copas de vino y unos aperitivos, mientras escuchábamos el piano tocar, algunas parejas se levantaron a bailar; la música era tranquila y romántica, - Una amiga de Antonio se acerco y educadamente le dijo:

"Me invitas a bailar esta pieza Antonio, claro con el permiso de tu esposa"

- "Adelante pueden bailar"

Julián fue e invito a una chica que se encontraba sentada sola en su mesa, muy caballeroso se inclino y la invito a bailar. Fernando y yo nos quedamos solos en la mesa, me sentí nerviosa tenerlo frente a mí, no sabia que hablar o sonreír y la invitación no se hizo esperar.

- "¿Gustas bailar?"

Al voltear a ver Antonio bailando con esa mujer los cuales se veían muy abrazados sentí celos y quise hacer lo mismo, así que acepte.

Al sentir sus manos que rodeaban mi cintura, sentí que un escalofrío recorría todo mi cuerpo, el corazón empezó a latir rápidamente era como si este hombre empezará a tener un poder sobre mí y no sabia que. La música parecía que no tenia final, pues bailamos por una eternidad…bueno así lo sentí en sus brazos, no había sentido ese extraña sensación en los brazos de Antonio.

Volvimos a la mesa y por unos segundos todos quedamos en silencio al ver que en ese momento llegaban las tías y Luna, parecía que se habían arreglado más de lo normal, su belleza no me impresionaba más.

- "¡Hola primos!! Que gusto de verte lucen guapísimos desde la última vez que nos vimos"

- "Igualmente, los años no pasan para ti, y ¿donde esta Julián? ¿No te acompañó?"

- "Si, Julián esta aquí, lo que pasa es que parece que acaba de conocer a alguien y se quedo en la otra mesa; ¡hermanita te ves hermosa como siempre!!"

Cassandra interrumpió el abrazo de los hermanos y añadió:

- "Espero y no les moleste que hayamos llegado sin ser invitadas"

Sus palabras se escucharon sarcásticas, más yo las ignore pues le había prometido Antonio que evitaría otra discusión esa noche.

- "Ustedes no necesitan invitación, ¡son siempre bienvenidas!!"

Con una sonrisa les contesto Antonio mientras les movía la silla para que se sienten.

Después de un momento Julián volvió y con besos y abrazos saludo a todas por igual.

Fernando no dejaba de mirarme, y yo evitaba cruzar mis ojos con él, no quería tener un mal entendido con mi marido.

- "Y dime Luna, ¿ya tienes todo listo para tu cumpleaños?"

- "Todo esta listo, gracias a la ayuda de mis tías quienes me llevaron a Paris, de compras"

- "Cassandra, ¿donde dejaste a tu novio?"

- "¿Novio? No sabia que tuvieras novio"

Preguntó Antonio sorprendido, lo cual no me gusto nada.

- "Ya no tengo novio, termine con él hace mucho tiempo, estoy sola y sin compromisos"

Y con una mirada coqueta volteo a ver Antonio, lo cual hizo que mis celos se despertarán de nuevo…cual era el propósito de estas mujeres, cuando no es una es la ¡otra!!!

Me levanté de mi mesa y me lleve Antonio conmigo a bailar, tacaban música cada vez más romántica así que aproveche para no estar observando a esas "brujas" coquetearle a mi marido.

La mesa se llenaba de bebidas, una tras otra se las tomaban como agua y poco a poco fueron perdiendo el sentido de las palabras.

- "Fernando quiero que dejen el hotel y se hospeden con nosotros, la mansión es muy grande y hay suficientes habitaciones para todos"

La tía Irinea parecía que tenia todo el derecho de hacer o deshacer en esa casa, invitar a quien ella quiera y sin la autorización de Antonio, lo cual me disgustaba muchísimo pues me sentía como un cero a la izquierda dentro de esa familia.

Los primos aceptaron encantados y prometieron que a primera hora, el día de mañana vendrían a instalarse en la mansión; Antonio solo reiteró la invitación.

"En unos días tendremos una reunión importante, no quiero que nadie falte…claro solo los integrantes de nuestra hermandad"

- "¿Cual hermandad???"

- "Así le llamamos a nuestras reuniones, lo siento querida que tú no seas bienvenida"

- "No me interesa pertenecer a una secta de brujas"

- "¿Que dices??"

- "Lo que escucharon, "UNA SECTA DE BRUJAS, eso es lo que ustedes son"

- "Vas a pagar por tus insultos"

Con una voz cortante la tía Irinea me grito en mi cara, mientras que las otras soltaron la carcajada como burlándose de mis palabras.

- "Déjala hermana es una insolente, no sabe lo que dice…solo ten mucho cuidado porque las palabras se pueden devolver"

Al decir eso Cassandra note que sus ojos cambiaban de color, me dio miedo y me levanté de inmediato de la mesa.

- "Vámonos Antonio la cena me hizo daño"
- "Buenas noches a todos y bienvenidos otra vez a la "mansión del terror"
- "Deja de decir tonterías Susana"

Antonio me llevo del brazo hacia afuera, entramos en el auto y condujo en silencio todo el camino.

- "¿Que te pasa por qué están tan callado conmigo?"
- "Como no estarlo, si has sido muy imprudente esta noche; no te das cuenta que lo que dijiste fue una acusación muy fuerte"
- "Lo que dije es verdad y tú lo sabes muy bien"
- "Si es verdad, pero ellas tienen que seguir creyendo que nosotros no conocemos su verdadera identidad"
- "¿Tú crees que esos primos sean igual que ellas?"
- "No lo se, pero si pertenecen a esa secta lo más seguro es que sí, Susana por favor mantente alejada de ellas y cuida tus palabras, te aseguro que no tendrán compasión de nosotros cuando decidan atacarnos"
- "Lo se y tienes razón debí medir mis palabras, pero nuevamente me hicieron enojar con su actitud; Porqué nunca le das la contraria a tu tía Irinea, pareciera que ella tiene control sobre ti en todo-¿existe algo que yo no se?"
- "Otra vez con tus cosas, sabes que todo te lo eh contado"
- "Quizá haya algo que todavía no sepa y si es así lo averiguaré"

CAPITULO CUATRO

El día esperado llegó, el salón de fiestas estaba adornado muy elegante parecía una boda… ¿por qué hacer una fiesta tan grande para un cumpleaños?

La cena fue ordenada en uno de los mejores restaurante; música en vivo, flores, manteles, pastelillos y bebidas, todo estaba listo; solo faltaban que llegarán los invitados.

Definitivamente había dinero de sobra para hacer de un simple cumpleaños, ¡una gran celebración!!

No quería quedarme atrás con mi arreglo personal, así que me pase todo el día en el salón de belleza y aproveche para invitar a mi única amiga Sofía quien se puso feliz por la invitación.

- "Claro que iré, como podría perderme esa fiesta y más aún que me dices que estarán hombres muy guapos"

Una cosa es decir "guapos" realmente me quede corta en describir a los dos primeros invitados que llegaron días antes, pero no quise entrar en detalles al fin que era una mujer casada.

- "Entonces te espero después de las nueve de la noche y no olvides arreglarte más de lo normal no queremos ser los patitos feos de la fiesta… ¿verdad?"

- "Así será, no seré bonita, pero sé arreglarme - nos vemos esta noche"

La noche llegó y los invitados empezaron a llegar, en realidad no se de donde salio tanta gente y todos tenían el mismo estilo, personas que elegantes y muy bien vestidas.

La tía Irinea no se quedaba atrás lucia hermosa como siempre, un vestido negro de terciopelo largo, su cabello recogido, un collar de perlas negras...realmente se veía muy bien!! La música tocaba una melodía tranquila, mientras que todos disfrutaban de su bebida predilecta, acompañadas de deliciosos aperitivos.

- "Dónde se encuentra la festejada!"

- "Creo que en un momento baja, se esta terminando de arreglar"

De pronto todos quedaron en silencio, Luna bajaba radiante y preciosa, su belleza resaltaba esa noche con mayor énfasis; luciendo un vestido rojo de seda, sumamente entallado a su figura, parecía una sirena recién salida del mar. Su cabello suelto hasta la cintura, sus ojos brillaban, al mismo tiempo que regalaba una sonrisa coqueta a cada uno de los invitados. Sabia que era hermosa y que su hermosura deslumbraba, y más ese día que seria la estrella de la noche. En realidad no sabia a quien ver, pues todas ellas eran bellas por fuera, pero por dentro tenían un corazón negro de maldad.

Antonio me dijo que me veía muy bien y que tratáramos de disfrutar la fiesta evitando pleitos, estuve de acuerdo con él aunque no le prometía nada.

- "Hola Sofía, ¡te ves muy guapa!!"

- "Gracias amiga, ¡igualmente te ves muy bien! Y dime donde esta la cumpleañera, pues todas aquí parecen unas reinas, de donde salio tantas mujeres tan bonitas y hombres tan elegantes. ¡Woo!, estoy realmente sorprendida"

- "Aquella del vestido rojo de seda es Luna y se encuentra con sus hermanos quienes llegaron ayer tan solo para asistir a su fiesta"

- "Que hombres tan atractivos, como se llama el que esta abrazándola?"

- "Ese es Julián y el otro es su hermano Fernando"

- "Preséntame a Julián quiero conocerlo"

- "Claro en cuanto se tenga la oportunidad te lo presentaré"

Julián era un hombre con una personalidad más alegre, le gustaba bailar con una y con otra, a ninguna dejaba sentida, así que no fue difícil introducirse con mi amiga quien inmediatamente se fueron a bailar.

"Mi amor tráeme una copa de vino por favor"

\- "Enseguida"

\-"Hola Susana, ¡se ve usted realmente preciosa!!"

Era Fernando quien me decía esas palabras, me ha dejado realmente helada, que tiene este hombre que me pone tan ¡nerviosa!!

\- "Hola Fernando, me gustaría que me llamaras de tú, me siento más en confianza"

\- "Como tú digas Susana, ¿gustas bailar?"

\- "Ahora no, Antonio fue a traerme una bebida y quizá querrá bailar conmigo"

\- "Si lo entiendo, quien querría dejar a una mujer preciosa sola, cuando hay tantos hombres al acecho"

Simplemente sonreí, mientras que Cassandra se acercaba a nuestra mesa junto con Antonio quienes ya venían platicando muy cerca.

\- "Mi amor vamos a bailar esa canción"

Lo tome de la mano y nos levantamos de la mesa, dejando a Fernando y Cassandra solos.

\- "¿Cassandra, que intenciones tienes con Antonio?"

\- "¿Y tú que interés tienes en Susana?"

\- "Es verdad que es una mujer distinta a todas ustedes; su corazón es sincero y puro, no tiene rencor en su alma, eso la hace ser bella por dentro y por fuera; su belleza no es superficial como la de todas ustedes"

\- "No me importa que pienses de ella, su belleza es pasajera y nosotras tenemos el secreto de la juventud… ¿lo recuerdas?"

\- "No estoy muy seguro de eso linda"

\- "¡Que quieres decir! No existe nada que pueda cambiar eso"

\- "¡Si existe y tú lo sabes!, aunque se encuentre escondido en las entrañas de la tierra alguien lo encontrará"

\- "¡Cállate!! No lo vuelvas a repetir nadie por ningún motivo conocerá ese secreto, mejor hagamos un trato tú y yo"

\- "¿De que trató estas hablando?"

\- "Dices que te interesa esa mujer, ¿no es así?- y a mi me interesa Antonio, te ayudaré para que ella terminé contigo y no se acuerde jamás de su marido"

- "¿Como harás eso? Ella ama a su marido y no lo dejará por un desconocido como yo, además no quiero que ella terminé conmigo sin estar enamorada"

- ¡"No me vengas con sentimentalismos!!, ¡quieres a esa mujer para ti, SI O NO!!"

- "Cassandra, esto que me propones es muy serio y tú sabes que yo soy un hombre que no acostumbro a mentir y mucho menos a una mujer"

- "Si lo se, con o sin tu ayuda ese hombre será para mí y ella se quedará sola"

- "Entonces yo estaré cerca para conquistarla de verdad, sin mentiras"

- "Después de todo sigues siendo un hombre demasiado sentimental"

- "Será por eso que nunca hubo nada entre nosotros, nunca fuiste la mujer que yo buscaba"

Cassandra se alejo con una sonrisa cínica y Fernando se quedo observándome toda la noche. Al terminar de bailar, me fui un momento al tocador de mujeres, ahí se encontraba Luna platicando con una de sus invitadas, realmente parecía amigable.

- "Hola chicas, ¿disfrutando la fiesta?"

- "¡Estoy encantada!! Todos mis invitados están aquí, aunque alguna que otra persona desagradable, pero que puedo hacer"

- "Exactamente, empezando por la cumpleañera"

Sin darle tiempo que me contestará, salí sonriendo de ahí.

Parece ser que Cassandra no perdió tiempo y al notar mi ausencia saco a bailar Antonio, esto si que me molesto bastante.

En la mesa aún se encontraba Fernando tomando una copa de whisky.

- "Hola Susana, parece que Antonio se cansó de esperarte y decidió bailar con Cassandra, creo que no te queda mas que bailar conmigo"

- "¡Con mucho gusto!!"

Nos dirigimos al centro del baile muy cerca de donde ellos se encontraban, pero parecía que Antonio ignoraba mi presencia, estaba tan concentrado en la música que no volteo a verme.

Fernando era un hombre caballeroso en toda la extensión de la palabra, respetuoso y formal, bailamos un par de canciones y enseguida nos fuimos a sentar.

Antonio y Cassandra no volvieron, salieron al jardín. No quise hacer una cena de celos enfrente de Fernando o los invitados. Antonio esta vez no me convencerá con sus besos.

- "¿Y cuanto tiempo se piensan quedar después de la fiesta?"

- "Aún no lo se, mis hermanos les gusta este lugar y pensamos quedarnos una temporada aquí"

- "Si este lugar es tranquilo y muy bonito, desde que llegue me encanto el pueblo y su gente, todo es pacifico especialmente si ya viviste en la ciudad y buscas un poco de paz"

- "Era eso lo que tú andabas buscando"

- "En cierta forma si, vivía muy estresada en la ciudad y decidí hacer un cambio en mi vida"

- "Eres feliz aquí"

- "Era feliz hasta hace un tiempo"

Conversamos toda la noche, Antonio se desapareció y no quise buscarlo estaba demasiado exhausta como para discutir esa noche.

La fiesta se terminó y los invitados se fueron marchando uno a uno. Sofía se veía feliz con su nueva conquista, Julián no se le separó en toda la noche y parece que hasta teléfonos intercambiaron…me siento feliz por ella.

- "Parece que la fiesta ha terminado, me voy a descansar fue un placer conversar contigo, gracias por tú compañía"

- "El placer fue mío… ¡que pases buenas noches!!"

Se despidió dándome un beso en la mano, y subí a mi habitación confundida por la actitud de Antonio, como pudo desaparecerse toda la noche y ¿dónde se encuentra ahora?? Sé que esta con esa mujer… empecé a llorar como una niña sola y triste.

Al despertarme Antonio no se encontraba en la cama, triste me levanté y baje al comedor, la casa se veía serena, todo estaba totalmente en orden y muy limpio, parecía que nada había pasado la noche anterior y me pregunté quien había limpiado tan rápidamente toda la casa.

- "Matilde podrías prepararme el desayuno por favor"
- "Con gusto Sra. su esposo ya desayuno y dejo una nota para usted"
- "¿Hace cuanto tiempo salio?"
- "Hace una media hora"
- "¿Iba solo o acompañado?"
- "Se encontraba solo. Hasta ahora nadie a bajado a desayunar excepto usted y él"
- "Matilde, ¿quien te ayudo a limpiar la casa?"
- "Nadie, lo hice yo sola"
- "¡Te felicito todo se ve súper limpio!!"

Me entrego la nota y salí a leerla al jardín, que decía así;

"Susana:
Tuve que salir despúes de la fiesta hacia Madrid, los negocios que tengo en la ciudad requieren de mi presencia. Cassandra me acompaño pues ella también tiene asuntos que arreglar. Espero y no te moleste por este viaje inesperado.

(P.S. cuando regrese iniciaremos nuestra búsqueda)

Te amo,
Antonio"

Al terminar de leer tan absurda nota me sentí sumamente triste y desilusionada. Antonio hace cosas que no entiendo, se desaparece inventando historias que no tienen ninguna credibilidad para mi. Ya no se si creerle o no, el haberse marchado solo y con esa mujer solo me dice una cosa…no me quiere como dice quererme.

Mi mirada se quedo perdida en la distancia y mi mente retrocedía a momentos felices que pase con el. Su sonrisa y sus besos siguen presentes en mi corazón, pero con sus cambios de actitud esta borrando esos bonitos recuerdos de mi alma.

Creo que estoy sola en esta batalla y no puedo darme por vencida. Con él ó sin él obtendré mi libertad.

- "Buenos días Susana, como amaneciste"
Era Fernando quien amablemente me ofrecía una taza de café, pues la mañana estaba un poco fría.
- "¡Gracias que amable!! Amanecí un poco desvelada, es por eso que salí a sentarme un momento para disfrutar la tranquilad de la mañana- y tú como amaneciste"
- "Yo al contrario tengo mucha energía, me encantan los días soleados y parece que este no será la excepción- ¿tienes algo que hacer hoy?"
- "No, en realidad no tengo nada que hacer, Antonio salio de emergencia muy temprano y no se cuando regresé, pensaba escribir un poco, ya que hace tiempo que no lo hago"
- "¿Escribes? ¡Que interesante! ¿Y que es lo que estas escribiendo ahora?"
- "En realidad no lo sé aún, solo estoy escribiendo lo que me viene a la mente o lo que esta ocurriendo a mi alrededor, nada en concreto"
- "Me gustaría leer algún día tus escritos claro si los compartes conmigo"
- "Con mucho gusto, pero te aseguro que no tengo una historia…al menos no por ahora"
- "La tendrás, si miras a tú alrededor podrás notar que no todo es como se ve, hay cosas ocultas que encierran misterios y secretos…cosas que solo un alma valiente podrá descifrar y describir la verdad"

- "Wow, parece que él escritor eres tú, las palabras te han salido con tanta fluidez como si quisieras decirme algo"
- "Escritor no soy, pero si eh leído muchas historias de las cuales eh aprendido secretos que la vida encierra, y si te digo que si aún no tienes una historia especifica es porque muy pronto la tendrás, solo tienes que aprender a observar a tú alrededor"

- "Creo que seguiré tu consejo y estoy de acuerdo en que la vida encierra muchos secretos"
- "Bueno creo que nos hemos puesto muy sentimentales, mejor planeamos que vamos hacer hoy quizá encontraremos la manera de darle un poco de alegría a este día"
Nunca creí que un extraño vendría a ocupar el lugar que solo Antonio le pertenecía, pero sentí que sus ausencias iban dejando una tristeza en mí la cual no podría describir.
"¡Se me ocurre una idea, porque no vamos de día de campo!! Tengo entendido que hay caballos aquí, llevemos de comer y pasearemos por el campo… ¿que te parece o prefieres pasar el día en la plaza?"
Era demasiada casualidad ver como éste hombre y yo teníamos tanto en común, me sorprendía su personalidad tan alegre, hasta hoy no le había visto ningún cambio de actitud.

- "¡Me parece una excelente idea!! Me encanta andar en caballo y recorrer las colinas especialmente en días como hoy. Les diremos a los demás si gustan acompañarnos, no creo que este bien que salgamos solo tú y yo, no quiero darle motivos a la tía Irinea para que hable mal de mí."
- "Tienes razón invitaremos a todo el que quiera venir, vamos a ver si ya se despertaron, las horas se van muy pronto"
Entramos a la casa y todos se encontraban en el desayunador; al ver que entrábamos juntos, las preguntas no se hicieron esperar.
- "Susana, ¿dónde se encuentra Antonio?"
- "Salio de viaje"
Fui cortante en mis respuestas, pues no tenía obligación de informarles de lo que pasaba dentro de mi relación con Antonio.
- "¿Cassandra lo acompaño?"
"Creo que sí"
- "Dejemos Antonio por un momento y salgamos todos de día de campo, creo que hay suficientes caballos para salir a cabalgar, llevemos algunos bocadillos y pastelitos, ¡pasemos un día agradable entre amigos!! Que les parece la idea"

Julián estuvo de acuerdo, mientras que Luna e Irinea no se les veía contentas. En verdad tenia cruzados mis dedos para que esas dos dijeran que no.

- "Gracias por su invitación pero Luna y yo tenemos otras cosas que hacer, ¿no es así querida?"
- "Así es, ya tenemos otros planes, además no se me hace nada divertido andar en el campo"
- "Que lastima ustedes se lo pierden"

Me dirigí a la cocina a darle instrucciones a Matilde de las cosas que llevaríamos al paseo.

Fernando se ofreció ayudarme, Julián aprovecho el paseo para invitar a Sofía. En una hora todo estaba listo, solo esperábamos por Sofía quien en ese momento entró a la casa.

- "Parece que todo esta listo para el paseo, espero y no falte nada"

Fuimos por los caballos, pero alguien noto el camino que llevaba exactamente al laberinto que se encontraba en el patio de la casa.

- "¿A dónde lleva este caminito?"

Me hice como la que no sabia nada y curiosamente les sugerí que siguiéramos el camino haber a donde nos llevaba, todos estuvieron de acuerdo, ya que el día apenas empezaba.

- "¡Miren lo que hay aquí, parece un laberinto!!"
- "Esto si que es interesante, podemos jugar haber quien entra y sale más pronto"

Sugirió Julián quien parecía el más atrevido de todos, Sofía le gusto la idea pues sabia que entraría con él y eso lo hacia más divertido. Fernando dijo que si todos entraban él también lo hacia, ya que fue su idea hacer algo diferente ese día.

- "¿Que dices Susana, le entras al juego?"

Como no hacerlo si ahí dentro talvez estaba lo que yo andaba buscando y si entraría, no sería sola.

- "¡Me encanta la idea!, suena muy divertido aunque me da temor no poder encontrar la salida y la noche nos sorprenda"
- "Entonces entraremos en pareja"

Entramos y todo estaba cubierto con enredaderas, rosas llenas de espinas salían de entre las ramas, así que no podíamos tocar las paredes, haciendo aún más difícil caminar por esos pasillos angostos. Julián y Sofía pronto se desaparecieron y nosotros tomamos otro camino. Caminábamos de prisa, paredes cerraban entre si; retrocedíamos, salíamos, entrábamos y nada...sentía que las horas corrían con mucha rapidez y los nervios se empezaron hacer presentes. No escuchábamos las voces de los otros; queríamos encontrar el camino de vuelta, pero entre más continuábamos, más sentía que nos adentrábamos en ese laberinto; el cual iba en círculo y lentamente me iba mareando. No quería demostrar miedo, pero Fernando se detuvo y vio mi rostro pálido, supo inmediatamente que me faltaba oxigeno, y se detuvo a descansar. Me tomo de la mano y se dio cuenta que mi pulso estaba muy lento, quiso darme ánimos para que siguiéramos hasta el final.

- "Debemos seguir, no podemos darnos por vencido este lugar tiene que tener una salida y la encontraremos, ¡te lo prometo!!"

A lo lejos escuchábamos la voz de Julián quien decía que habían salido sin problema, eso nos dio esperanza para continuar.

- "Fernando sé que éste laberinto te lleva hasta el centro del mismo y bajo del mismo hay un sótano"

- "¿Como sabes eso?"

- "¡Yo lo soñé! y vi que ahí esta algo oculto y quiero saber que es"

- "Eso fue solo un sueño, ¿como estas tan segura que eso existe?"

- "Algo me dice que hay algo en el fondo de ese lugar"

- "Susana debemos encontrar la salida primero, si no lo hacemos la noche nos ganará y no creo que sea muy divertido pasar la noche aquí"

Seguimos corriendo, salíamos y entrábamos, paredes frustraban nuestro camino. Fernando me tomo de la mano pues se dio cuenta que mis piernas flaqueaban, la luz se hacia cada vez más tenue y el miedo inundaba mi cuerpo.

- "Creo que no fue una buena idea haber entrado aquí, hubiese sido mas placentero y seguro el paseo al campo, ¿no crees?"
- "Es tarde para pensar que hubiese sido mejor, estamos dentro de un laberinto y ahora lo que importa es como salir de aquí"
"Mira se ve como una luz en ese pasillo, ¿será la salida?"
Nos hallábamos en el centro del laberinto y efectivamente solo existía una entrada y una salida. Asimismo un sótano se encontraba en el medio, nos acercamos y había unas escaleras; todo era exactamente como lo había soñado.

- "No creo que debamos bajar a ese lugar, no sabemos que haya abajo y ya se esta siendo de noche, además se ve muy oscuro necesitaríamos una antorcha o algo parecido"
- "Si, debimos haber entrado con una antorcha, estaba una en la entrada, nunca nos imaginamos que entretendríamos tantas horas aquí dentro; pero este lugar debe encerrar algún secreto dentro"
No quería decirle que lo que andaba buscando era el libro que Antonio aseguraba contenía el secreto de la destrucción de esas mujeres, no le tenia la confianza suficiente como para confesarle que sus primas eran brujas...no sabría como reaccionaría, pensaría que estoy loca, aparte de que una de ellas era su hermana.

- "Mejor tratemos de regresar antes de que anochezca, este lugar será peligroso si nos quedamos atrapados"
- "Fernando yo necesito volver aquí para saber que existe abajo de ese túnel, así que volveré"
- "Te prometo que yo vendré contigo, pero esa vez será con todas las precauciones necesarias para poder salir sin problemas de aquí"
Seguimos los mismos pasillos, la oscuridad cada vez se hacia presente y mi mano se aferraba a la suya como diciéndole, "por favor no me sueltes"
Por fin a unos pasos se encontraba la salida, sentí un alivio profundo, nunca había sentido tanta angustia como las horas que pase dentro de ese laberinto.

- "Susana, hermano que bueno que salieron, estábamos tan asustados que creímos por un momento que jamás lo volveríamos haberlos"

Sofía se veía feliz de habernos visto salir, al igual que Julián irradiaba felicidad de ver a su hermano mayor abrazarlo de nuevo, eso me conmovió.

- "Fernando, que fue lo que paso, ¿por qué tardaron tanto en salir? Nosotros encontramos pronto la salida, aunque si, nos dio un poco de miedo el tan solo de pensar que no saldríamos de ahí. Sofía ya estaba lamentando el haber participado en este juego"

- "Si, les confieso que creí que nos quedaríamos atrapados, ¡gracias a Dios salimos! Susana, estábamos muy preocupados por ustedes, juró no volver a entrar a este lugar; no más juegos improvisados"

-"Creo que el paseo al campo tendrá que ser para otro día, tantas vueltas y el correr de un lugar a otro me abrió el apetito, será mejor que regresemos a la casa y comamos nuestro almuerzo"

- "Muy buena idea Julián, pero te recordamos que fuiste tú quien invento ese juego"

Todos reímos y entre broma y broma volvimos contentos de haber salido de ese misterioso lugar, aunque la idea de volver seguía presente en mí.

Pasaron los días y no tenia noticias de Antonio, quería salir a buscarlo así que le pregunte a la tía Irinea por el nombre del hotel en el que se hospedaba mi marido.

- "¿Irinea sabe usted donde se esta hospedando Antonio en Madrid?"

- "Por qué me preguntas a mí, pensé que entre tú y Antonio no existían secretos"

- "No considero que este viaje sea un secreto, él salio de emergencia y han pasado muchos días sin saber de él, eso es todo- si usted sabe donde se encuentra, le agradecería mucho que me lo dijera"

- "Lo siento querida, no lo se"

Respiré profundo ya que no quería tener problemas con ella, era una mujer de pocas palabras y de malos sentimientos.

Me retiré sin decir palabras, fui una tonta al pensar que esa mujer me diría algo, si era cómplice de su hermana; así que me propuse averiguarlo por mi cuenta.

Buscando entre las cosas de Antonio; sus notas, agendas, recibos, etc....tenía que haber algo... ¡ahora recuerdo! La última vez que se fue, estuvo en Madrid, debió haber llegado al mismo lugar.

Entre tanto buscar encontré unos recibos con el nombre de un hotel, venia el número, así que me fui a un café donde podría usar el teléfono, ya que en esta casa se vive en los tiempos antiguos.

- "Hotel Praga muy buenas noches, en que puedo servirle"
- "Buenas tardes Srita. Me puede comunicar a la habitación del Sr. Antonio Montano por favor"
- "Permítame un segundo"

Crucé los dedos para que me dijera que si se encontraba hospedado ahí. Esperé en la línea por unos minutos, me sentía impaciente quería saber si los dos compartían la misma habitación.

"El Sr. Montano no se encuentra en su habitación, ¿gusta dejarle un mensaje?"

- "No gracias, hablaré más tarde"

Decidí salir rumbo a Madrid, tenia que saber que estaba pasando con Antonio y esos viajes relámpago, y si estaba con Cassandra todo este tiempo.

- "Hola Susana te veo preocupada, ¿pasa algo?"

Fernando me inspiraba confianza, era la única persona en la que podía confiar en esa casa.

- "Tengo que salir a Madrid en el vuelo de esta tarde, no eh sabido nada de Antonio y me siento preocupada"
- "Si gustas te acompaño, conozco muy bien la ciudad y sirve de que atiendo unos negocios que deje sin resolver"
- "No quisiera que te sientas comprometido conmigo en ser mi guía, no te preocupes iré sola"

- "No me molesta, al contrario me sirve de distracción, además esa ciudad es muy grande necesitaras de un guía experto como yo"

- "Bueno si es así me encantaría que me acompañaras"

- "Muy bien tenemos que salir en una hora al aeropuerto"

Todos habían salido y nadie se dio cuenta cuando Fernando y yo salimos con una maleta cada uno, eso me dio un poco de alivio pues no tenia ganas de dar explicación a nadie y mucho menos a la tía Irinea; no quería que alertara a Cassandra.

Llegamos a la media noche, la ciudad se veía tranquila, hacia un poco de frío...aunque el frío que sentía en mi alma era aún mayor.

- "Tomemos un taxi para que nos lleve al hotel, antes de salir hice las reservaciones"

- "Gracias, te lo agradezco"

El hotel era muy bonito y elegante, rápidamente nos atendieron y nos dieron las llaves de nuestras habitaciones. No quise cenar pues me sentía muy cansada, sabía que el día de mañana seria lleno sorpresas.

"Buenas noches Fernando que descanses y muchas gracias por tus atenciones"

- "No tienes que agradecerme nada, me complace el poder ayudarte"

Esa noche no pude dormir, quería que amaneciera pronto para poder verme con Antonio, tenía tantas cosas que decirle, pero tenía miedo de encontrarme con otra persona muy distinta al hombre que amaba. Sentía coraje conmigo misma pues estaba tan enfocada en como desenmascarar a esas tres mujeres que no me di cuenta que el amor se alejaba de mí.

El sol se asomaba por mi ventana, las cortinas transparente se movían con el soplar del viento, el rocío de la mañana llegaba hasta mi cama tocando mi rostro con suavidad.

"¡OH no!! Las ocho y media de la mañana es muy tarde"

Velozmente me di un baño y estuve lista lo más rápido que puede, baje a la recepción y Fernando me esperaba con una taza de café en la mano.

- "¡Buenos días! Te esperaba para ir a desayunar"

- "Discúlpame que me haya levantado tan tarde, no podía reconciliar el sueño, por supuesto vamos a desayunar me muero de hambre, pero antes déjame preguntar en que habitación se encuentra Antonio"

"Perdón, ¿podría decir en que habitación se encuentra el Sr. Montano?"

- "Se encuentra en la habitación 301"

- "Es mejor que vayamos a desayunar antes y después vas a buscarlo, recuerda que ayer no cenaste nada en todo el camino"

- "Tienes razón, necesito tener comer algo, no quiero que me falten las fuerzas para lo que pueda suceder"

Mientras tanto en la mansión, Irinea planeaba la próxima reunión, invocando a todos los miembros de la "secta", esta vez se reunirían a más tardar en tres días. ¿Como fue que lo supe? Escuchando una conversación entre ella y Luna la noche de la fiesta. Lo que ellas no saben es que yo estaré allí sin que nadie se de cuenta.

- "Luna, quiero que te encargues de los preparativos de la reunión, recuerda que habrá un invitado especial"

- "Lo que tú digas Irinea, todo estará perfectamente organizado, me siento muy emocionada, ¡realmente no puedo esperar hasta ese día!!"

- "Yo sé que para ti más que a nadie esperas ese día con ansias, pero para nosotras también lo es"

Como olvidar esa conversación, me pregunto que habrá esa noche que las tiene tan contentas, no puedo permitir que me descubran, seré muy precavida para que ninguna me descubra y tampoco Antonio.

- "Fernando si gustas ir atender tus compromisos, yo iré a buscar Antonio espero y siga en su habitación; nos veremos esta tarde"

- "Muy bien Susana llegaré temprano para ir a cenar, te deseo suerte"

Nos despedimos y yo subí al cuarto donde se hospedaba Antonio, toque dos tres veces, nadie abría la puerta, más sin embargo insistí una vez más. La puerta se abrió y cual fue mi sorpresa al ver a Cassandra en camisón como si apenas se acababa de levantar.

- "¿Susana que haces aquí?"
- "¿Dónde ésta Antonio?"
- "Esta no es la habitación de Antonio, es la de enseguida"
- "No te creo, déjame entrar"
La hice a un lado y entre, revise el cuarto y no había señal de Antonio, ¿sería que en realidad me equivoque de número? Salí para cerciorarme y efectivamente era la habitación 302.

- "¡Te has vuelto loca!! Con que derecho entras a mi cuarto a buscar a tú marido, acaso lo has perdido querida"
Con su voz que la caracterizaba se burlo de mí, en cierta forma tenia razón, me comportaba como una madre que ha perdido a su hijo, ¡es realmente ridículo!

Salí sin decir palabra, cerré la puerta lo más fuerte que pude y toque la puerta de a lado, esta vez me aseguré que fuera el número correcto…no entiendo como me pude equivocar.

La puerta se encontraba entre abierta, entre y la cama estaba distendida; la puerta del baño cerrada, así que lo llamé para saber si era él el que se encontraba ahí.

- "Antonio soy yo, Susana"
- "¿Susana que haces aquí?
Con una cara de atónito me vio por unos segundos, nunca se imagino que lo siguiera hasta ahí y mucho menos haber encontrado el lugar donde se hospedaba.

- "Porqué te sorprendes al verme, ¿acaso no te gustan las sorpresas? O es que te incomoda mi presencia"
- "Como puedes decir eso, lo que pasa es que me sorprende tu visita; ¿acaso ha pasado algo que te hizo venir hasta aquí?"
- "No ha pasado nada, lo que sucede es que quise cerciorar por mi sola cuales eran esos negocios tan "urgentes" que te hicieron venir sin despedirte de mi, y por qué tenias que viajar con Cassandra, ¿por qué no me pediste que te acompañará?"

- "¡Por favor Susana son muchas preguntas a la vez!! Primero serénate y te explicaré el motivo de este viaje"
- "Espero que sea algo realmente importante porqué de lo contrario jamás volveré a confiar en ti"
- "Yo tengo unas cuentas de banco que mi padre me dejo y hace unos días recibí un telegrama informándome que aparentemente "alguien" tiene acceso a mi cuenta y ha sacado fuertes sumas de dinero sin mi autorización, así que tuve que venir para comprobar que no eh sido yo quien ha dispuesto de ese dinero"
- "Eso quiere decir que tú no me has tenido la suficiente confianza para contarme tus cosas, llevamos casados ya varios años y nunca me habías dicho que tú padre te había dejado una herencia, como tampoco me habías dicho que la mitad de todos tus bienes son de tus tías, "las hechiceras""

Estaba tan enojada que lo único que quería era desaparecerme y no volverlo a verlo, pero lo amaba y no podría dejarlo ya que los dos nos necesitábamos.

- "Creo que han pasado tantas cosas desde que mis tías aparecieron que no eh tenido tiempo de contarte el otro lado de mi vida. Sabes que aunque pienses en dejarme no podrías pues desde el momento que entraste a esa casa formaste parte de esa maldición que me tiene atrapado desde que era un niño"
- "Es verdad que en momento como éste quisiera irme lejos y no verte jamás, pero es porqué tú actúas de una forma diferente y más cuando estas bajo la influencia de Cassandra o Luna, sabes que odio verte cerca de ellas y a ti no te interesa lo que yo piense… déjame recordarte que soy tú esposa y tengo derecho a pedirte explicaciones de lo que esta pasando a mi alrededor"
- "Yo sé que tienes razón en todo lo que me dices, no se realmente lo que me pasa, es como si una fuerza me atrajera hacia ellas sin poder evitarlo y no me estoy justificando, créeme"
- "¡Eso quiere decir que tengo que culpar a esa "fuerza" extraña que te atrae como un imán hacia esas mujeres! No crees que suena un tanto ridículo lo que me estas diciendo"

- "Sé que es difícil creerme, pero es la ¡verdad!! Por favor Susana tienes que ayudarme a deshacerme de ellas, si no terminaré haciendo lo que no quiero"
- "¿Que quieres decir con eso?? Ellas no pueden obligarte hacer cosas que no quieres, eres un adulto capaz de tomar tus propias decisiones"
- "Eso no funciona así y tú lo sabes, desde el momento que les declaramos la guerra todo puede suceder"

Después de una larga discusión, llegamos a la conclusión de que teníamos que seguir unidos por el bien de los dos y que la confianza era una de las armas fundamentales en esa batalla, pero lo principal era el amor incondicional que sentíamos el uno por el otro.

"Te juró que nunca te dejaría por ninguna de esas mujeres… ni su belleza, ni su astucia lograrán separarme de ti"

De repente la puerta se abrió y era Cassandra quien con una sonrisa coqueta y cínica a la vez, se dirigió Antonio ignorándome por completo.

- "Antonio recuerda que tenemos la junta con el director de finanzas del banco y no debemos llegar tarde, ¿nos vamos ya?"
- "No lo he olvidado, si me haces el favor de esperarme en el vestíbulo bajaré en unos minutos"

No le gusto nada la contestación de Antonio, salio molesta y cerró la puerta con fuerza.

-"Mi amor necesito asistir a esa junta, no creo que duré más de un par de horas tengo que hacer cambios en mi cuenta y hacer algunas transferencias a nuestra cuenta, por favor no te desesperes volveré pronto"

Antonio aún nos sabía que había llegado acompañada de Fernando, es mejor decirle ahora y evitarme otro disgusto.

- "Antonio antes de que te vayas déjame decirte que no vine sola, Fernando vino conmigo pues él también tenia algunos asuntos que arreglar aquí, espero y no te molestes"
- "No al contrario me da gusto que no viajaste sola, además Fernando es un buen amigo en el que puedo confiar"

Eso me dio un poco de alivio, pues yo igualmente confiaba en él.

Nos despedimos con un beso y Fernando llegó en ese momento, no demostró asombro y mucho menos celos, era el tipo de hombre que solo reflejaba seriedad en su rostro.

- "Hola Fernando no sabia que andabas por aquí y mucho menos acompañado de una mujer casada"

Cassandra no perdía el tiempo para sembrar los celos en los demás, pero en este caso nadie le dio importancia a sus palabras.

- "Tu comentario no tiene sentido y no tengo porque darte explicaciones"

- "Vámonos Antonio se nos hace tarde". Frenética salio del hotel y se encaminó hacia el auto.

- "Susana terminé con mis asuntos, si gustas podemos ir a visitar algunos museos mientras Antonio termina con su junta, que te parece"

- "¡Me encanta la idea!!"

El día se paso rápido, Antonio termino su junta y nos reunimos para cenar, Cassandra no desperdiciaba la oportunidad de acercársele, pero él no volteaba a verla; eso la tenia demasiado disgustada.

- "Antonio y Fernando les quiero recordar que tenemos que salir mañana temprano a casa pues la reunión será por la noche, no pueden faltar por ningún motivo, especialmente si son miembros activos"

- "Que quiere decir con que son "¿miembros activos?"

- "Ellos saben de que estoy hablando, discúlpame que no te de más detalles pues no eres parte del grupo"

- "No me interesa su secta y mucho menos ser miembro, además no pienso estar ahí"

- "¡Mucho mejor querida!! Asistirán invitados especiales de los cuales tu no conoces"

- "¿Adónde irás Susana? ¿Tienes algún compromiso para esa noche?"

- "Si mi amor, tengo una cena con mi amiga Sofía, no te preocupes por mi, estaré bien"

Antonio se quedo en mi habitación, era ilógico que se quedará solo, así que pasamos la noche juntos.

Al volver a casa la tía Irinea se encontraba dando instrucciones a Matilde de lo que tenia que preparar para los invitados, parecía otra cosa...me preguntaba que clase de reunión será esta vez.

- "Antonio necesitas ponerte de acuerdo con Luna, ella te dirá cual será tú parte esta noche"
- "¿De que esta hablando? ¿Dime de que se va a tratar todo esto? ya que no soy invitada por lo menos quiero saber que va a pasar aquí"
- "No tengo idea todo me parece muy extraño, nunca antes había participado"
- "Entonces ¿por qué eres miembro de dicha secta?"
- "¡NO LO SE!!"

Estaba irritado con tantas preguntas de mi parte y lo entiendo, ya no vivíamos en paz y nuestro matrimonio había dado un giro totalmente contrario desde que esas mujeres llegaron a nuestras vidas.

- "Susana, ¿aún sigues con la idea de volver al laberinto?"
- "Por supuesto, sé que algo esta escondido ahí y lo encontraré"
- "Que es lo que andas buscando, talvez pueda ayudarte a encontrarlo"

Fernando me había dado muestras de confianza así que le diría lo que Antonio y yo andábamos buscando y porqué.

- "Te lo diré después que terminé esta supuesta reunión y gracias por tu ofrecimiento, lo tomaré en cuenta"
- "Sra. Susana llegó esta carta para usted"
- "Gracias Matilde"

Salí al jardín no quería molestar Antonio, se veía demasiado cansado y estresado con esa dichosa reunión. La carta era de mi ex-novio Eduardo, ¿como me localizó? ¿Quien le dio mi dirección? Tanto tiempo sin saber de él, desde el día que se fue sin despedirse de mí.

Me quede por un momento contemplando el atardecer y los recuerdos pasaban por mi mente como una película, recordando momentos alegres que me hicieron sonreír. Mi niñez fue la época más hermosa de mi vida; no existía preocupación alguna, si sentía miedo me refugia en los brazos de mi madre, quien tiernamente en sus brazos me adormecía. La inocencia se fue perdiendo al paso de los años, cuando las pruebas se iban haciendo cada vez más difíciles y cuando empecé a sentirme autosuficiente. Conocí a Eduardo en mi adolescencia, todo era felicidad entre los dos hasta el día que decidimos vivir juntos, su actitud cambio, se volvió un hombre celoso y posesivo, no tenia el derecho de salir con mis amigas o si olvidaba contestar el teléfono, era motivo de pleitos, nuestra relación se iba tornando cada vez más triste, pues el amor se termino por sus insultos y sus golpes los cuales jamás olvidaré. Porqué la vida se ha ensañado conmigo, cuando creí haber encontrado la felicidad con Antonio aparecen sombras oscuras en su vida, lo cual lo hace cada vez más difícil luchar por conservar nuestro amor. No puedo permitir que Eduardo se aparezca por aquí, tendré que decirle a Antonio lo que esta sucediendo, pero tengo que hablar con mis padres para saber si fueron ellos quien le facilitaron mi dirección. Me fui al café del pueblo y le hable a mi madre.

- "¡Mamá como estas! ¡Como están todos!!"
- "¡Hola hija!! ¡Que gusto escucharte como te ha ido en tu matrimonio!"

- "Todo esta bien mama, Antonio es un hombre muy cariñoso conmigo, nos llevamos muy bien y nos queremos mucho, ¡soy muy feliz!!"

No podía decirle a mi madre la verdad, como decirle que vivo en un infierno, rodeada de maldad y que estoy atrapada dentro de una casa; como decirle que para conseguir mi libertad tengo que luchar con el mal. Mi madre jamás sabrá la verdad, eso seria como ocasionarle una tristeza muy grande.

- "Mamá recibí una carta de Eduardo, ¿sabes tú quien le dio mi dirección?"
- "Ahora que lo mencionas creo que estuvo aquí la semana pasada platicando con tú papa, talvez él le dijo donde estabas, por favor no te enojes con tu papa ya sabes que se le olvidan las cosas y últimamente no se ha sentido muy bien, el doctor nos ha dicho que su enfermedad ha ido avanzando, eso lo tiene muy deprimido"

- "¿Por qué no me habías dicho nada? Le comentaré Antonio que voy a ir a visitarlos, quiero ver a papa"
- "¡No sabes que contento se pondría de saber que vienes a visitarnos!!"
- "Déjame hablar con mi esposo y yo te aviso, pero por favor mamá no quiero por ningún motivo que le digan a Eduardo que voy a visitarlos, no quiero tener problemas con Antonio, además tú sabes que Eduardo siempre me trato muy mal por eso huí a este lugar para que no me encontrará, pero parece que no le fue tan difícil dar conmigo."
- "Perdona a tú padre hija, de repente no se acuerda que estas casada con otra persona y sigue pensando que es Eduardo tu marido y es muy difícil convencerlo de lo contrario"
- "Lo entiendo mama y no te preocupes no sería capaz de enojarme con mi papa, yo veré como resolver este problema"
- "Hija por favor no dejes de avisarme si vienes a visitarnos, cuídate y saludos a tu esposo"
- "Gracias yo le daré tus saludos y cuídense mucho, yo te hablaré pronto, un beso mama"

Al colgar sentí una tristeza muy grande en mi corazón, mi padre siempre fue un hombre muy fuerte, trabajador y sobre todo muy inteligente, no entiendo como una enfermedad tan terrible como lo es Alzheimer puede ir borrando tus recuerdos poco a poco; desapareciendo rostros amados, sonrisas, palabras de amor, unas manos que te brindaron cariño y protección por tanto tiempo… ¡como olvidar todo eso!! Tengo que ir a verlo antes que su memoria se encargué de borrar el último recuerdo que guarde de mí.

- "Susana que haces aquí tan pensativa"
- "Hola Fernando vine hacer una llamada a mis padres ya que desde que me case no había tenido la oportunidad de hablar con ellos… ¿y tú que haces, no tendrías que arreglarte para la reunión?"
- "No quisiera ir, para serte sincero nunca he compartido esas ideas tan extrañas por llamarlas de alguna manera"
- "¿Tú sabes de que se trata todo eso?"
- "Si lo se, y te aseguro que no querrás saberlo"

- "¿Que esas tres mujeres son brujas?
- "¿Como lo sabes?? ¿Antonio te lo dijo?"
- "No, yo lo descubrí sola, también sé que se pueden en convertir en lo que quieran y sé también que existe un libro donde dice el secreto de su destrucción"
- "Es verdad, existe ese libro pero solo una de ellas lo sabe, en ese libro se encuentra el secreto de su belleza, sus poderes y su muerte, más el lugar se ha mantenido oculto"
- "Creo tener una ligera sospecha de donde podrá estar escondido. Esta noche me esconderé en la casa para ver que es lo que van hacer, ¿tú crees que me descubrirán?"
- "Susana, es muy peligroso lo que piensas hacer, la mayoría de los que van a ir a esa reunión obedecen ciegamente a su líder y si llegan a descubrirte será tú fin"
- "Seré muy cautelosa, además tú estarás ahí para prevenirme... ¿harás eso por mi?"
- "Claro que sí, pero sigo pensando que es muy peligroso, esas mujeres pueden ver más haya de sus ojos"
- "Sé a lo que me estoy arriesgando pero te aseguro que mi libertad vale más que todo"

Después de conversar un buen rato regresamos a la casa, subí inmediatamente para que nadie notara mi presencia. Antonio se encontraba en la recamará, estaba quieto en la ventana con la mirada perdida y su mente fuera de la realidad; lo contemplé por un instante, no quise interrumpir sus pensamientos, esos instantes solo le pertenecían a él.

"¿Mi amor que haces? Te veo triste, dime lo que te pasa"

- "Estoy bien, simplemente que hay momentos que quisiera tener alas y volar, llevarte de la mano e irnos muy lejos donde nadie pueda encontrarnos"
- "¿Te refieres a ellas?"
- "A quien más si no a ellas, las únicas causantes de nuestra desdicha y el fracaso de nuestro matrimonio"
- "¡Nuestro matrimonio no ha fracasado!! ¿Porqué dices eso?"
- "Quizá aún no, pero sé que pronto terminará"

- "Hablas como si no terminaremos juntos esta batalla, debemos luchar y tener fe para vencerlas, ¡no te des por vencido antes de tiempo!!"
- "Esta noche presiento que algo pasará, te pido que si no regresó, no me busques sigue tú vida para que logres la felicidad que yo no supe darte"

No pude evitarlo y empecé a llorar, no sabia que contestarle, sus palabras eran como una espada que me la clavaba en el corazón, era como si se estuviera despidiendo de mí para nunca más volver.

"Por favor mi amor no llores, la vida es así y la mía siempre ha sido muy complicada, solo recuerda que siempre te amé y te amaré siempre, aunque mis palabras quizá hayan llegado demasiado tarde"
- "¡No me digas eso!! Debemos luchar juntos, no puedo permitir que ellas tomen tu vida, por favor vámonos esta noche"
- "Nos encontrarán a donde quiera que nos vayamos, no tiene caso huir, espero que todo pase pronto y llegue una nube para que borre los momentos amargos que pasaste junto a mi"
- "¡No asistas a esa reunión! ¡No lo hagas!!"
- "Tengo que ir, si no me presento una de ellas vendrá por mi"
- "Estaré esperándote sé que volverás"
- "Yo también lo espero"

Estuvimos contemplando el atardecer, el sol se ocultaba tras la montaña y la oscuridad lentamente se hacia presente. No pude decirle lo que ocurría con mi padre, no podía dejarlo solo en estos momentos.

Me pidió que no saliera de la recamará por ningún motivo, le dije que sí pero no se lo prometí, pues ya tenia otros planes en mente y menos ahora que sabia que él estaba en peligro.

Los invitados empezaron a llegar, el grupo era pequeño, pero todos vestidos de rojo, los caballeros vestían pantalón negro y camisa roja, Irinea llevaba un vestido negro, Cassandra usaba un vestido rojo y Luna llevaba un vestido blanco bordado con perlas, era realmente precioso. ¿Que tipo de ceremonia se llevará acabo? Y porqué todos visten de rojo, Antonio es el único que lleva un traje negro, ¿por qué??

No veo a Fernando por ningún lado, ¿será que no estará presente?

- "¡Hola curiosa!!"
- "¡Me asustaste!! Donde estabas, te he estado buscando entre los invitados y no te veía"
- "No creo que éste sea un buen escondite, serás sorprendidas así como yo te sorprendí espiando"
- "Tienes razón, pero donde más me esconderé para poder ver y escuchar bien"
- "Se me ocurre que te escondas tras de esas cortinas, están demasiado largas y gruesas, no creo que sea fácil que te vean ahí, además podrás escuchar muy bien"
- "¡buena idea!! Hazme alguna señal de alerta por si algo pasa"
- "Lo haré, y suerte"

De repente todos se quedaron en silencio, la tía Irinea empezó hablar, su voz se escuchaba fuerte y muy clara, sus ojos se dirigían a cada uno de los invitados, parecía que los examinaba a uno por uno. Todos levantaron sus copas en señal de reverencia hacia ella, entonces me di cuenta que era ELLA la líder de la secta, la hechicera mayor.

¿Que hace Sofía en esa reunión? Y también viste un vestido rojo, no lo puedo creer que la hayan convencido, ¿pero desde cuando ocurrió eso? Ella también levanta su copa, Julián esta a su lado; Fernando se encuentra a lado de Cassandra… Antonio ¿dónde se ha encuentra? ¡No lo veo!! No puedo hacer ningún movimiento, pues sospecharán que estoy escondida aquí.

- "Estamos aquí reunidos para celebrar los quinientos años del nacimiento de esta secta, durante todo este tiempo he visto personas que han entrado y se han desvanecido con el viento…ese viento que las trajo hacia mí para que yo las instruyese a ver la vida de otra manera, pero que no supieron apreciar las enseñazas que se les dio; se fueron desapareciendo en el mundo de los ignorantes. Ahora tenemos a una persona que voluntariamente desea pertenecer a nuestro grupo, su valentía la hace ser especial y esta noche le daremos la bienvenida en público"

¡No lo puedo creer es Sofía!! Por qué has hecho esto, ¡te han engañado amiga!! Si pudiera llegar hasta ella y despertarla de su engaño, que impotente me siento de no poder salvarla de el horror al que ha entrado.

- "Demos la bienvenida a nuestro nuevo miembro, Sofía"

Todos aplaudieron y levantaron sus copas en señal de aceptación, después Irinea tomo un cuchillo y le hizo una cortada en su mano, la sangre corrió y lentamente cayó en su copa, la misma que la bebió, de esa manera dio a entender que era ya un miembro más. Sentí mucha tristeza, pues había sido una buena amiga, quizá la única que había tenido desde que llegue a ese lugar...ahora siento un compromiso más de salvarla de la oscuridad.

"Esta noche es especial pues tendremos una ceremonia en honor a mi sobrina Luna quien se unirá en matrimonio con Antonio"

¿Queeeeee?????? No puede ser, ¡que esta diciendo esta mujer!!! Antonio no puede hacer eso, ¡él esta casado conmigo!! Él me ama a mí, tiene que ser un error, no escuche bien quizá, no puedo llorar, tengo que ser fuerte para soportar lo que esta pasando, quizá se traté de otro Antonio...si eso debe ser.

Fernando busco mi mirada y con tristeza me confirmó lo que ya había escuchado.

"Iniciemos nuestra ceremonia, ¡los novios pueden pasar!!"

Luna hacia su entrada del brazo de Antonio, ella se veía feliz, su belleza resaltaba bajo su velo, pero Antonio solo reflejaba un semblante triste, su mirada se perdía en la distancia, no era el hombre del que yo me enamoré, ¡que le ha hecho!! ¡Mi amor que te han hecho!!

Fernando desde lejos me insinuaba con su mirada que me contuviera y no saliera de mi escondite, pues sería un grave error.

"Luna, aceptas por esposo Antonio Montano para que compartan una vida sin fin por la eternidad"

- "Acepto ofreciendo mi sangre y mi vida por él"

- "Antonio aceptas a Luna como tu esposa par que compartan una vida sin fin por la eternidad"

Antonio se quedo por unos segundo en silencio, Luna esperaba su respuesta, todos esperaban su respuesta, yo esperaba su respuesta con un corazón destrozado por lo que él iba a decir

- "Acepto"

No pude más y salí de mi escondite, con un grito de desespero capté la atención de todos.

- "Noooooooooooo!, Antonio no puedes hacerme eso, mírame a los ojos soy yo Susana tu esposa, que te han hecho dímelo, porqué no me respondes, ¡vuelve a la realidad!!"

- "¡Detengan a esa mujer!! ¡Su imprudencia no es permitida en esta ceremonia! Sáquenla inmediatamente"

Fernando se ofreció a llevarme, fingiendo que era uno de ellos, me tomo a la fuerza del brazo, mientras que yo forcejeaba con él, tratando de despertar Antonio de esa cruel mentira. Las fuerzas me vencieron y llorando acepte mi realidad.

CAPITULO CINCO

"¡Adonde me llevas!! ¡Traidor! Déjame estar con Antonio él no puede casarse con esa mujer, porqué esta pasando esto, todo es un engaño…dime que es una pesadilla, que lo que acaba de pasar no es verdad, tú lo sabias y me lo ocultaste"

Mi voz quebrada entre sollozos, mis ojos no podía soltar más lágrimas, quería morir, la tristeza había llegado para quedarse y ahora la luz de la esperanza se apagaba lentamente.

- "Susana no llores más, Antonio esta bajo la influencia de esas mujeres, te aseguro que él no sabe lo que esta pasando a su alrededor. No me digas que soy un traidor, yo no sabía nada, mi hermana nunca dijo que se casaría con él. ¡Por favor debes creerme! No debes darte por vencido, además no estas sola yo siempre estaré a tu lado"

- "Esas mismas palabras Antonio me las dijo muchas veces y ahora eligió apartarse de mí; me dejo sola…completamente sola"

- "Volveré pronto te lo prometo"

No quise escuchar más, esas palabras seguían presentes en mi cabeza, promesas que no se cumplieron, un amor que no existió, besos que no significaron nada y ahora me pregunto… ¿quien fuiste tú en realidad?"

Mis ojos lentamente se fueron cerrando, cansados de llorar por un amor que nunca tuve, pero que me destrozó mi corazón y que al mismo tiempo me robo mi libertad.

- "¿Donde estoy?? ¿Que es este lugar? sáquenme de aquí, ¿alguien me escucha???"

Era un cuarto de piedra las cuales se sentían muy heladas, cubiertas con telarañas, había una mesa de madera empolvada, una silla al lado y no había ni una ventana, parecía un calabozo destinado para todo aquel que se le ha abandonado a su suerte. Ahí me encontraba yo, abandonada y sin esperanza, lejos de mis padres, mis hermanos, amigos y de Antonio. No puedo llorar más, se han secado mis lágrimas y mi mente no deja de recordarme cada detalle de esas escenas que han quedado registradas en ella.

En la mansión ya se habían hecho todo tipo de cambios, Irinea era la encargada de dar ordenes a todos, Antonio y Luna se habían ido de paseo y Cassandra se encargaba de perseguir a los hombres para seducirlo y después destruirlos como era ya su costumbre, mientras que Fernando le hacia creer a todas ellas que les obedecía sin gestionar, sin embargo era el único que me tenia compasión.

- "Fernando necesito que vengas a la biblioteca necesito hablar contigo"

- "Si dime, que es lo que pasa"

- "¿Dejaste a Susana en el lugar que te indique?"

"Así es Irinea se encuentra en ese lugar por más de un mes y ahora que tocas el tema quisiera saber cuando le va a permitir salir de ahí, si no la sacamos pronto morirá"

- "Eso es precisamente lo que estoy esperando y si no pasa pronto tendré que ir a visitarla"

- "Por favor Irinea déjela salir, el castigo que le implantaste ha sido suficiente"

- "Tú no eres nadie para darme ordenes, además, ¿cual es el interés de que esa mujer no muera?"

- "Su familia vendrá a buscarla y ¿que razón le darás de ella?"

- "Que eso no te preocupe yo sé que diré cuando llegué el momento, ahora necesito que vayas a decirle a Matilde que le recorte la porción de comida para esa mujer, si ha de morir, que muera ya"

Fernando se retiró aparentando obedecer sus órdenes, pero ya tenía otros planes para mí.

- "Matilde la Sra. Irinea me pidió que le preparas un plato de comida para Susana, parece que ya se siente mejor y el comer bien

le devolverá por completo las fuerzas, además yo personalmente se la llevaré"
- "Enseguida se lo preparo, no me tomará más de cinco minutos, por favor dígale que deseo que se recupere pronto"
Matilde siempre había sido amable conmigo, siempre se mostraba al margen de lo que sucedía en esa casa, aunque no sabría si podía confiar en ella el cien por ciento.

El lugar en el que me encontraba me estaba matando lentamente, no recibía los rayos del sol, ni aire fresco, solo contaba con una pequeña antorcha de luz artificial iluminando un cuarto sucio y deprimente.

La puerta se abrió y me escondí en una esquina, el miedo vivía conmigo y sabía que en cualquier momento la muerte me visitaría.
- "¡Fernando!! ¡Que gusto de verte!!"
Dejo la canasta de comida sobre la mesa y me dio un abrazo fuerte, así permanecimos por unos minutos, quería quedarme así para siempre.
- "¡Susana cuanto me alegro que estés bien!!"
Su voz entrecortada como si quisiese llorar, pero una lágrima se le escapo de sus ojos y quiso ocultar su tristeza al verme, regalándome una sonrisa.
- "Yo sé que no soy la misma, lo veo en tus ojos, sé también que pronto moriré aquí encerrada...dime porqué todos me han abandonado, la vida se me va lentamente, ya no hay esperanzas para mí"
- "¡No digas eso!! Por eso estoy aquí, ¡vine a sacarte de este lugar!"
- "¡De veras!! ¿Me llevaras contigo? ¿Porqué arriesgas tú vida por salvarme a mí?"
- "No hay tiempo para charlar, Irinea dijo que vendría a visitarte, más no dijo cuando, así que es mejor que nos vayamos pronto"
- "¿Adonde iremos?"
No me dijo nada y me tomo en sus brazos, pues las fuerzas me habían abandonado.
Al salir me di cuenta que estaba en el centro del laberinto y el lugar donde estuve era ese sótano que había visto anteriormente.

- "¡Fernando!! Este es el laberinto, aquí debe estar el libro que necesitamos"

- "Susana no hay tiempo de buscar nada, ella vendrá y nos recubrirá, te aseguro que no se detendrá en eliminarnos"

"Esta bien, pero prométeme que volveremos aquí a buscarlo"

- "Te lo prometo, pero ahora vámonos"

Salimos sin ningún problema, Fernando caminaba seguro de si mismo, no reflejaba miedo en su rostro, pero su corazón latía rápidamente como queriendo escapar lo antes posible de ese lugar.

- "¿Fernando como supiste entrar y salir de este lugar? si cuando hicimos el juego te veías perdido como todos los demás. ¿Acaso ya sabias de la existencia de este calabozo?"

- "Nunca había estado aquí, lo que pasa es que un día seguí a la persona que te traía la comida y así lo estuve haciendo por muchos días, hasta que me aprendí el camino"

- "Estuviste arriesgando tú vida por mí, te estaré por siempre agradecida"

Fuimos hacia el establo y escogimos el mejor caballo, me subió consigo y nos alejamos de esa casa lo más lejos posible.

- "Matilde quiero que tengas la habitación lista de los recién casados, llegan esta tarde…dime como se encuentra Susana después que le llevaste el almuerzo"

- "Sra. yo no le lleve el almuerzo, el Sr. Fernando se ofreció a llevárselo"

- "¿Que estas diciendo? Llama a Fernando este momento dile que quiero hablar con él"

- "El señor no se encuentra en casa, creo que salio muy temprano"

- "Avísame cuando regrese"

En ese momento Julián y Sofía llegaron a comunicarle a Irinea que uno de los caballos faltaba en el establo y nadie supo quien lo había tomado.

"Dónde se encuentra Cassandra, díganle que venga necesito que me acompañé a un lugar"

Parecía que en esa casa todos obedecían las ordenes de esa mujer, se habían convertido en esclavos fieles de sus maldades y hacían todo para tenerla contenta, hasta mi amiga se había mudado a vivir a esa casa y obedecía ciegamente lo que se le ordenaba.

- "Dime hermana para que me has mandado llamar con tanta urgencia"
- "Hace días que no te ocupas de los negocios de esta casa y de las muchas responsabilidades que tenemos para mantener activa esta secta, ¿en que estas empleando tu tiempo y con quien?"
- "Estoy cansada que quieras gobernar mi vida, lo puedes hacer con todos los demás, pero no conmigo, te recuerdo que tú y yo somos iguales, no me querrás tenerme de enemiga, ¿verdad?? Además no me tienes muy contenta y tú sabes porqué"
- "Creí que te habías olvidado de ese asunto, además tú estuviste de acuerdo en ese plan, que no durará mucho tiempo...ya lo veras"
- "El tiempo que duré, ¡tú sabias que lo quería para mi y cambiaste los planes!!"
- "Baja la voz no querrás que todos se enteren, además tenemos que hacer las cosas cuidadosamente, ir eliminando obstáculos que se crucen en nuestro camino y así lograr lo que siempre hemos querido... ¿lo recuerdas?"
- "Esta bien tendré paciencia, pero no me pidas que este cerca de ellos, no sé controlar mis celos y tú ya me conoces"
- "No te preocupes ya te quite a una del camino, que más da desaparecer a una más"
Y con una carcajada cambiaron la conversación.
-"Cual era el asunto tan urgente que querías hablar conmigo"
- "Quiero que me acompañes esta tarde a visitar a esa mujer y a darle la despedida como se merece"
- "¡Me encanta la idea!!"

Antonio y Luna llegaron del paseo que habían hecho. Luna se veía feliz pues había logrado su objetivo, más sin embargo Antonio ya no era el mismo, parecía que hacia las cosas como obedeciendo una voz interior algo no podía describir.

Todos en esa casa estaban bajo la influencia de los hechizos de esas tres brujas, pero iba allegar el día en que se irían destruyendo una por una.

Antonio no se acordaba más de mí, su memoria había sido borrada y los recuerdos se habían quedado sepultados en el cofre del olvido. El amor que una vez nos tuvimos, el viento se lo llevo y con él todo lo que una vez vivimos...no sé si algún día estaremos frente a frente y si él podrá reconocer en mis ojos a la mujer que lo amó verdaderamente.

- "Irinea!! La cadena esta suelta parece que alguien estuvo aquí antes que nosotras y la ¡han dejado ir!"

Revisaron el lugar como dos lobos hambrientos, sus ojos reflejaban odio y sed de venganza para aquel que había desafiado sus órdenes.

- "Sé quien hizo esto y lo pagará muy caro haber ignorado mis ordenes...mi maldición los alcanzará donde quiera que se hayan marchado y los traerá hacia mi tarde o temprano"

-"¿Te refieres a Fernando?"

- "Así es, ese hombre la saco de este lugar y huyeron juntos, fue muy astuto el haber llegado hasta aquí y salir sin problemas"

- "No te preocupes solos volverán y nosotras estaremos aquí para darles la bienvenida"

¿"Que pasa si Antonio la reconoce cuando la vea?"

- "Eso no sucederá pues su memoria no registra ningún recuerdo de ella"

Salieron confiadas de que pronto regresaríamos, y yo les daría ese gusto muy pronto.

- "Fernando, ¡dime como puedo agradecerte lo que has hecho por mi!!"

- "¡Yo no podía permitir que murieras en ese horrible lugar!! El odio que tienen esas mujeres hacia ti no tiene limite y van hacer hasta lo imposible por verte muerta"

- "¿Por qué ese odio hacia mi?"

- "Porque tú llegaste a cambiarles sus planes y eso despertó su furia hacia ti y todo lo que rodea Antonio"

- "Pero Antonio ahora esta de su lado y ha olvidado el amor que una vez dijo tenerme"

Mi voz se quebró por un instante, me quede en silencio más no quise llorar, pues estaba totalmente desilusionada y triste de él.

- "Susana la distancia te ayudará a olvidar lo que viviste en esa casa"
- "No lo se...por el momento quiero olvidarme un poco de lo que eh vivido, hay una prioridad en este momento importante para mí, mi padre se encuentra enfermo y necesito ir a verlo antes que también sea demasiado tarde"
- "Yo te acompañaré, pero tendrá que ser en unos días hasta que te recuperes de tus fuerzas, aún te ves muy débil"
- "¡Me siento bien créeme!! Además no podemos perder tiempo, no sabemos cuanto nos durará esta libertad...tengo curiosidad como es que harán ellas para que volvamos sin que nos busquen"
- "No tengo idea, pero insisto que tienes que descansar por lo menos unos días, no querrás que tus padres te vean con ese semblante tan demacrado, ¿verdad?"
- "¡Esta bien solo unos días! ¿Me acompañaras a ver a mis padres? No tienes que hacerlo ya me has ayudado bastante"
- "De hoy en adelante no te dejaré sola, además tengo una cuenta que arreglar con esas mujeres"
-"Creí que eras amigo de ellas y que eras miembro de su secta"
- "Nunca he compartido esas creencias diabólicas y mucho menos estoy de acuerdo con lo que hacen"
- "¿Tú y Cassandra tuvieron una relación?"
- "Alguna vez salimos juntos, pero conforme la iba conociendo me di cuenta que no era lo que aparentaba ser, su belleza es pasajera y su corazón esta lleno de maldad y odio en el no puede existir amor y yo no podía estar con una mujer que no sabe lo que significa esa palabra"
- "Nunca pensé que fueras un hombre tan romántico, estoy segura que encontraras a esa mujer que andas buscando"

- "Creo haberla encontrado, pero lo que no se si algún día me corresponderá"

No quise entrar en el tema pues no me correspondía interrogar su vida privada, así que preferí callar.

Empecé a sentirme mejor gracias a los cuidados de Fernando, entonces estuve lista para ir a visitar a mis padres, aunque empezaba a sentir una ansiedad que no podía describir.

- "¡Veo que ya te sientes mejor! Solo dime cuando quieres salir y estaré listo"

- "Esta misma tarde, llegaremos al amanecer y tendremos todo el día para visitar a mis padres y de paso te llevaré a conocer la ciudad la cual es pequeña pero tiene muchos lugares interesantes que conocer"

- "Siempre es bueno conocer otros aires y más si llevo una hermosa mujer como guía persona"

- "gracias por tus palabras siempre me hacen reír y me levantan el ánimo"

- "¡Ese es el propósito verte sonreír!"

Nuestra Amistad se iba haciendo cada vez más cercana y cuando no estaba cerca de mí me sentía triste, era como si necesitará escuchar su voz para alegrarme y olvidarme de Antonio.

Al llegar a casa me di cuenta que había demasiada gente y sentí una angustia en mi pecho, baje de inmediato y corrí hacia la puerta...ahí se encontraba mi madre sentada vestida de negro, sus ojos cubiertos de lágrimas, mis hermanos abrazándose unos con otros, había flores en cada esquina de la casa y en el medio estaba un ataúd con un ramo de flores sobre él.

- "Mi padre ha muerto, no, no puede ser...papa por favor despierta, no puedes estar muerto, ¡háblame!!!"

No podía controlar mi llanto, la tristeza reinaba en ese lugar y mi corazón se debilitaba cada vez más, quería despertar de esa horrible pesadilla que me acompañaba día tras día y aún no podía despertar, parecía que la vida se había ensañado conmigo y me estaba haciendo pagar cosas que aún no sabia.

Sentí los brazos de mi madre que me atraían hacia ella, lloramos juntas sin querer ser consoladas, quería hacerle preguntas; que como había sucedido tan pronto; por qué no me espero para despedirse de mí, por qué la muerte había llegado tan pronto y le había arrebatado sus ganas de vivir.

"¿Madre cuando sucedió?"
- "Murió ayer en la mañana y sus últimas palabras fueron para ti"
- "¡Se acordó de mí!!"
- "Sí hija, tú padre recordó tu sonrisa y tu rostro, parecía que Dios le había regalado unos minutos de lucidez para despedirse de todos y llevarse esos rostros felices de todos tus hijos y aunque tú no estuviste aquí para verlo, él si te vio"
- "¡Pero como dices que me vio!! ¡No estuve aquí!!"
- "Hija tú padre te vio a través de la distancia y sus ojos se iluminaron, parecía que estabas frente a él y dedicó estas palabras para ti… "Susanita hija mía la vida esta siendo dura contigo, pero hay una luz que brilla al final del camino y esta esperando por ti, te amo"
- "¿Esas palabras las dijo para mí?"
- "Si, parecía que te tenia frente de él, aunque había perdido la memoria, los recuerdos que vivían dentro de su alma los guardó como su mayor tesoro"

Lloramos juntas y le dimos su último adiós, Fernando estuvo conmigo siempre y no falto quien me preguntará donde estaba mi marido, y quien era ese hombre que me acompañaba.

En esos momentos no podía contarle a mi madre por lo que estaba pasando, sería como agrandarle su tristeza, lo único que se me ocurrió fue decirle que Antonio estaba de viaje y que Fernando solo era un amigo de la familia que se ofreció a traerme y con esa explicación fue suficiente.

Estuve en mi casa hasta que sepultamos a mi padre, ese día fue uno de los momentos más triste de mi vida. Mi padre fue mi guía, mi amigo en quien podía confiar; sabia que siempre estaba ahí para mí, sus consejos me ayudaban a resolver problemas grandes o pequeños, no importaba pues él los hacia ver fáciles de arreglar; además me hacia sentir siempre importante, sus manos eran una protección para mi y su voz jamás la olvidaré, vivirá en mi memoria para siempre.

- "Me tengo que ir mama, Antonio regresa esta noche y quiero estar en casa para recibirlo, te prometo que ¡vendré a verte muy pronto! Y por favor trata de salir para que te distraigas no quiero que tú también te me enfermes, recuerda que mi papa esta ya descansando"
-"Haré lo que me dices y por favor háblame para saber como estas"

Estaba despidiéndome cuando de repente escuche una voz familiar.

- "¡Hola Susana que gusto de verte!!"

Y sin darme tiempo me abrazo, no quise ser grosera y menos enfrente de Fernando quien se quedo sin habla al ver la confianza con la que Eduardo se acerco a mí.

- "¿Que haces aquí?"
- "Supe lo de tú papa y quise venir a darle el pésame a tú familia y sabría que te encontraría aquí"
- "Bueno pues ya me viste, y discúlpame pero voy de salida"
- "¡Espera tenemos que hablar!"
- "Yo no tengo nada que hablar contigo y menos en estos momentos, espero y respetes mi dolor y el de mi familia"
- "¡Por favor Susana!! Déjame hablar contigo solo serán unos minutos"

Fernando estaba atento a la conversación y sabia que en cualquier momento intervendría, solo esperaba una mirada mía para actuar, pero no lo hice, quise saber que era eso tan urgente que quería decirme.

- "Esta bien, habla pues no tengo mucho tiempo"
- "Vamos a un lugar donde podamos estar solos"

Salimos al jardín donde los demás estuvieran cerca por si algo pasaba...hacia mucho tiempo que había dejado de confiar en ese hombre.

- "Susana quiero que regreses conmigo, perdóname lo mal que me porte contigo, sé que fue un hombre posesivo y sumamente celoso, pero eh reflexionado y ahora se que no puedo vivir sin ti, te prometo que cambiaré mi actitud y seré más comprensivo contigo, dame otra oportunidad"
- "Lo siento, el amor que una vez te tuve tú acabaste con el y ahora es demasiado tarde, además soy una mujer casada y muy feliz, por favor retírate de mi vida y sé feliz con esa mujer por la que me dejaste"
- "Esa mujer ya no existe en mi vida fue solo una ilusión pasajera y nada mas, tarde me di cuenta de mi error... tú eres la mujer a quien yo amo"
- "Demasiado tarde para eso, las ilusiones también destruyen y llegan hacer igual o más daño que un amor de verdad"
- "¡Sé que ya no estas casada, tú marido murió y ahora eres una mujer libre!!"
- "¿Quien te ha dicho eso??"
- "Hace unos días estuve preguntado por ti y una mujer me dijo que ya no vivías ahí y que tu marido había fallecido"

Al escuchar esas palabras perdí el conocimiento y no supe más de mí.

- "Susana despierta, ¿Te encuentras bien?"

- "No se que me paso, de repente todo se nublo...donde esta Eduardo!!"

- "Se fue en el momento que te desmayaste; tú amigo le dijo que se marchará que no tenia nada que hacer aquí"

- "Mamá ¡Antonio ha muerto!! No puede ser, ¡tiene que ser una mentira de esa mujer!! Tengo que irme ahora mismo"

- "Susana no te ves bien, porque no descansas un poco te ves muy pálida, por favor hija es mejor que te vea un médico"

- "Ahora no tengo tiempo para eso, solo fue un simple desmayo"

No podía contener las lágrimas, sentía un dolor en mi pecho tan grande que no sabría describirlo, todo se podía esperar de esas hechiceras, tengo que ir...Antonio tiene que estar bien.

"Fernando vámonos por favor, Eduardo me aseguro que Antonio esta muerto y yo no lo creo. ¡Por favor dime que no es cierto!"

Me aferre a sus brazos, me sentía como una niña totalmente desprotegida, lloré sin consuelo, me destrozaba la idea de solo pensar que sería cierto...no él tiene que estar con vida.

- "Susana si lo que te dijeron es verdad tienes que ser fuerte, con esas mujeres todo puede ser posible, ellas no se tientas el corazón para destruir a quienes se les cruzan en su camino, sé que son duras mis palabras pero es mejor que estés preparada para todo y por supuesto que cuentas conmigo, iremos juntos"

Me despedí de mi madre y mis hermanos, la tristeza había llegado a mi vida y parecía que se empeñaba en quedarse por un largo tiempo.

- "Adiós mama recuerda lo que te dije, trata de salir y distraerte no es bueno que te quedes encerrada eso te deprimirá más. Cuídate y te llamaré en cuanto pueda, los quiero a todos"

La despedida fue más como un simple adiós, sabía que quizá no volvería a verlos, así que grabé esos rostros en mi memoria y esos ojos tristes de cada uno de ellos para así conservarlos hasta el fin de mis días.

- "Cuídate mucho hija y no olvides en venir a visitarme, y ten fe que tú marido estará bien"

Con un beso y un abrazo me despedí de ella y conforme nos alejábamos de aquella casa en la que viví la mejor época de mi vida; vi la figura de mi padre dándome el último adiós... ¡nunca te olvidaré papa!!

En todo el camino estuve en total silencio, Fernando era un hombre que sabia respetar el dolor de los demás, sabias cuando hablar y cuando no, eso me gustaba de él. El cansancio me venció y me quede dormida, no se cuantas horas dormí pero al despertar ya era media noche y Fernando se veía muy cansando, así que le propuse para en un lugar para cenar y dormir.

- "Te ves muy fatigado, discúlpame que me haya dormido todo el camino sé que no soy muy buena compañía en estos momentos y tú andas conmigo sin ninguna obligación, eres muy amable y me siento contenta de saber que eh encontrado un buen amigo"

Fernando no decía nada solo me escuchaba atento a mis palabras, pero en su mirar reflejaba una tristeza que no me atrevía a preguntar.

- "Susana una vez te dije que no te abandonaría en estos momentos y menos ahora que no sabes que encontraras en esa casa, ahora tus tristezas son mías también"

No sabía como interpretar sus palabras, pero me llenaban de esperanza.

Paramos en un café que encontramos abierto a orillas del camino, cenamos algo rápido y preguntamos donde se encontraba un motel cerca, nos dieron las direcciones y nos dirigimos hacia haya.

"¡Buenas noches! Dos habitaciones por favor"
- "Solo nos queda una disponible, ¿les hago la reservación?"

Nos quedamos viendo el uno al otro, se veía demasiado cansado como para pedirle que continuáramos el camino, así que le dije que por mi no había problema.

- "Dénos la habitación, ¿es de camas separadas?"
- "No, es cama matrimonial"

Nos dieron la llave y entramos al cuarto, exactamente era solo un cama, no muy grande por cierto y solo había un pequeño sillón para sentarse, tampoco había suficientes sabanas y colchas, no había calefacción y esa noche estaba más fría de lo normal...seria injusto que lo dejará dormir en el piso y tampoco quisiera dormir junto a él; aunque con el cansancio que traíamos quedaríamos dormidos en seguida.

Nos acostamos sin decir palabras, cada uno apago la lámpara y nos volteamos dándonos la espalda, solo un buenas noches se escucho en la oscuridad.

Fernando se quedo profundamente dormido y me era imposible reconciliar el sueño, las palabras de Eduardo las escuchaba en mis oídos sin parar..."tú marido esta muerto"...mi padre en su ataúd, su rostro pálido y sin vida, mi madre triste y sola...y yo con un futuro incierto, acostada alado de un extraño, escuchando su respiración y el calor de su cuerpo cerca del mío...no entendía porqué me encontraba ahí y no con el hombre que me había jurado amor para toda la vida, ¡porqué me había dejado sola!!

Después de tanto pensar y llorar en silencio, el sueño me venció.

De repente sentí que sudaba y sentía calor y frío, frío y calor, mi cuerpo empezaba a temblar, pero ¡no podía despertar!!

Fernando se deportó y notó que temblaba, toco mi frente y se dio cuenta que ardía en fiebre, más estaba inconsciente y no escuchaba sus palabras, no había nada ahí para darme, afuera estaba todo oscuro y el motel se encontraba en el medio de la nada.

Fernando en su desesperación se acostó junto a mi, me abrazo fuerte para darle calor a mi cuerpo, así duré por unos minutos y poco a poco la fiebre iba disminuyendo, deje de temblar, pero aún sentía la necesidad de quedarme así junto a él; ya no era el frío de una enfermedad, sino el frío interior que me congelaba por dentro.

Al tenerme entre sus brazos y ver mis labios junto a los suyos y creyendo que estaba dormida me robo un beso… ¡el beso más tierno que yo haya sentido en mucho tiempo!!

Estaba tan falta de cariño que lo abrasé fuerte y al abrir mis ojos me refleje en los suyos y me di cuenta que me miraba tiernamente, volví a cerrarlos y estaba vez fui yo quien lo beso…susurrando en mi oído me dijo, "te amo".

Al despertar no se encontraba en la cama, la puerta se abrió y venia con un café calientito, el cual le agradecí con una sonrisa.

¡Estaba semidesnuda!! Que pena, rápidamente me tape con la sabana y corrí hacia el baño, no sabia exactamente que había pasado esa noche, solo el beso tan tierno que sentí cuando me beso. No, no, no…que estoy sintiendo, estoy confundida, fue solo un sueño, si, ¡solo un sueño!!!

- "¿Susana te sientes bien? Anoche tuviste fiebre. ¿Quieres ir a desayunar o quieres descansar un poco mas?"

- "Gracias me siento mejor, un poquito débil pero eso es todo y si tengo mucha hambre, estaré lista en unos minutos"

Los dos estábamos en silencio durante el desayuno, nuestras miradas se desviaban como no queriendo revelar un sentimiento escondido que iba naciendo poco a poco.

- "Susana anoche estuviste muy enferma, tenias fiebre, escalofríos y no sabia que hacer, así que tuve que quitarte la blusa para darte calor, eso decía mi madre que el calor del cuerpo le da calor a otro y que era efectivo cuando no se tenia medicina a la mano y parece que funciono pues ya te sientes mejor"

- "Si me di cuenta"

- "¿Te diste cuenta? ¿Creí que estabas inconsciente?"

- "Bueno, me di cuenta al despertar"

Cambiamos de plática pues el nerviosismo nos ganaba a los dos y no íbamos a entrar en detalles de lo que había pasado esa noche.

"Tenemos que apresurarnos, quiero saber exactamente que ha pasado…me rehúso a creer que Antonio esta muerto, fue una mentira más de Eduardo para engañarme, siempre fue así"

Nos faltaban solo unas cuantas horas para llegar y entre más nos acercábamos mi corazón latía rápidamente, las lágrimas empezaron a rodar por mis mejillas, no lograba ocultar mi tristeza, además Fernando ya formaba parte de esa etapa de mi vida.

- "No llores Susana muy pronto llegaremos y te darás cuenta que fue solo una mentira mas de esas dos mujeres, Antonio esta bien"
- "Gracias por darme ánimo y esperanzas, no podría soportar una muerte más de alguien a quien quiero tanto"

Quedo en silencio y no pronuncio palabra en todo el camino, él sabia que amaba Antonio y eso lo entristecía.

Llegamos a la casa, la cual se veía sombría y oscura, las flores del jardín se habían secado y sus árboles totalmente desnudos expuestos a las inclemencias del tiempo…un tiempo que se hacia cada vez más difícil para todos.

La puerta se abrió y era Cassandra, completamente vestida de negro, al verla sentí un estremecimiento que recorrió todo mi cuerpo, no se sorprendió al vernos, al contrario parecía que sabían de nuestra llegada.

- "¡Hola bienvenidos a casa! Se les esperaba"

Entonces recordé lo que una vez Antonio me había repetido muchas veces…"aunque nos vayamos lejos, siempre volveremos a esta casa"…y de alguna forma u otra estaba regresando sin haber sido forzada.

- "¡Dónde ésta Antonio, quiero verlo!!"

En eso bajaba de las escaleras Irinea quien también vestía de negro, junto a ella Sofía y Julián todos de negro, era una escena lúgubre...todos me miraban sin decir palabra, el silencio fue interrumpido cuando la tía Irinea habló.

- "Susana lamentamos el no haberte avisado de la muerte repentina de Antonio quien murió en un trágico accidente junto con su "esposa" Luna, quienes venían de paseo.

Sus cuerpos fueron enterrados en la cripta de sus padres, como te darás cuenta ya no tienes nada que hacer en esta casa, eres libre de hacer lo que quieras...en realidad siempre lo fuiste...en cuanto a ti Fernando, te doy mis condolencias"

Fernando se quedo en silencio y salio de aquella casa sin decir palabra.

- "¡No les creo!! ¡Me están mintiendo! Antonio era mi esposo, ustedes le envenenaron la mente, le borraron sus recuerdos, su amor propio, todo lo que él era...no les creo que esté muerto y quiero ver con mis propios ojos su tumba y si es preciso comprobaré si ese cuerpo que se encuentra sepultado es de él y considérenme desde ahora su ¡enemiga!!"

- "Eres libre de pensar lo que se te plazca, Antonio no era ningún niño al que se podía manipular fácilmente; él se dio cuenta que tú solo fuiste una intrusa en su vida y su matrimonio solo fue una farsa, ¡nunca existió!!! Y si hoy te declaras nuestra enemiga piénsalo dos veces"

- "Susana, vámonos no tiene caso seguir discutiendo con ellas"

- "Parece que te has conseguido a un guardaespaldas privado, me impresiona lo rápido que murió tú amor por Antonio, aunque a él no le hubiera importado verte con otro, pues nunca te quiso"

- "¡Cállate!! Ustedes que saben de amor, si ese sentimiento no lo conocen, su corazón solo existe odio y maldad, que bueno se puede esperar de unas brujas como ustedes"

La discusión se iba tornando cada vez más intensa y al pronunciar la palabra "brujas" sus ojos de las dos mujeres se tornaron completamente rojos de odio hacia mi, y fue entonces cuando Fernando me tomo de la mano y me saco inmediatamente de esa casa, pero lo extraño fue que nadie más pronunció palabra.

- "Cassandra ¡vamos a la biblioteca tenemos que hablar!, ustedes retírense y vayan a terminar el asunto que les encargué y no quiero equivocaciones"
- "Si tía lo que tú digas, todo se hará como tú lo has ordenado"

Eran como robots que obedecían solo una voz, la de ella. Que tristeza sentí al ver a mi amiga convertida en una esclava de la maldad, como poder ayudarla, si todo estaba en contra mía, mi vida estaba en juego y ahora la de Fernando por haberlas traicionado.

- "Cassandra ahora que ha vuelto esa intrusa tenemos que llevar acabo nuestro plan, recuerda que no podemos confiarnos, ni mucho menos permitir que abra esa lápida, seria nuestra destrucción, ese cuerpo debe permanecer ahí para siempre"
- "No te preocupes yo me encargaré personalmente de ella y dime ¿que haremos con Fernando?"
- "Por el momento lo dejaremos en paz, nos conviene que se haya enamorado de esa, así nos da tiempo de planear el siguiente paso"
- "Como es posible que Fernando se haya enamorado de Susana, tan insignificante que es, no entiendo porqué nunca hemos podido convencerlo de que este de nuestra parte, siempre fue un hombre firme en sus decisiones, el hombre perfecto para cualquier mujer"
- "Si, es el hombre que toda mujer desea tener"
- "Nunca te había escuchado opinar de ningún otro hombre, ¿acaso existe un interés especial por él, hermanita?"
- "Deja de decir tonterías y cambiemos de plática"
- "Siempre cambias la conversación como si quisieras ocultar algo, ¿quizá un amor del pasado?"
- "Yo no puedo, ni quiero enamorarme y tú lo sabes bien"
- "Ahora no estoy tan segura"

- "Basta no quiero seguir hablando contigo de ese tema, ahora lo que importa es que pensemos como hacer para que Susana desista de esa idea"
- "Simple… ¡los muertos nada saben!"
- "Si no nos queda otra opción así será"

Mientras tanto en el carro, Fernando trataba de calmarme, sus palabras siempre me daban aliento y fuerzas para seguir adelante, pero esta vez me sentía totalmente triste, ahora tenía que comprobar lo que esas mujeres aseguraban…la muerte de Antonio.

- "¿De veras quieres investigar sobre ese accidente donde supuestamente fallecieron?"
- "Te confieso que tengo miedo de lo que pueda encontrar ahí, no puedo vivir el resto de mi vida con esta incertidumbre de saber que Antonio siga vivo y que haya sido una mentira para separarme de él"
- "Pueda que exista esa posibilidad, si gustas iremos ahora mismo haber su tumba, después iremos a pedir permiso para abrir su sepultura"
- "Gracias por estar conmigo en estos momentos, no sabría que hacer sola"

Me tomo de la mano y sentí que contaba con un verdadero amigo.

Íbamos en camino hacia el cementerio, tuvimos que preguntar donde se encontraba la lápida de la familia Montano, la persona encargada nos llevo personalmente hasta ahí, le hicimos preguntas y nos dijo que el ultimo entierro que se había hecho en esa lápida había sido hacia una semana y que se habían sepultado dos cuerpos.

El corazón me dio una pulsada y sentí que las piernas no me respondían, me apoye en el hombro de Fernando quien se dio cuenta de inmediato de mi reacción.

- "Queremos pedir permiso para abrir esas dos tumbas, ¿con quien tenemos que dirigirnos para hacer esos trámites?"

- "El director del cementerio no se encuentra pues salio de vacaciones y volverá en dos semanas"
- "¿En dos semanas? ¡Es mucho tiempo!! ¡Necesitamos el permiso lo antes posible!! ¿Hay alguna manera de comunicarse con él y que autorice el permiso?"
"No lo se Sra. tendría que preguntarle"

Se retiró y nos quedamos solos contemplando las lápidas, sus nombre plasmados en ella, "Antonio Montano 1975-2012, Luna Cisneros de Montano 1993-2012", leí una y otra vez esos nombres y me preguntaba si nuestro matrimonio había sido una falsa y nunca estuve casada con él...ahora que me encuentro enfrente de su tumba no se si sepultar su recuerdo ahí mismo o alimentar una esperanza en mi corazón de que esa tumba este vacía...no lo se.

-"Fernando podrías dejar sola un momento por favor"
- "Claro que si, estaré esperándote en el auto"
- "Antonio, porqué me engañaste haciéndome creer que me querías, porqué me llevaste a esa casa y la convertiste en mi prisión, quizá es demasiado tarde para esperar respuesta de cada una de mis preguntas, pero no puedo más necesito desahogarme aquí frente a una tumba que quizá este vacía o no, si pudieras escucharme y tenerte frente a mí, no se si correría a tus brazos y te perdonaría todo lo que me has hecho, sabes que siempre te ame desde el primer día, y este amor que siento por ti me ha hecho tanto daño.
Cuantas preguntas se quedaron en el aire, cuantas palabras falsas me dijiste...no quiero pensar que fue así; lo único que quiero pensar es que fuiste envenenado por dentro y que esas mujeres te borraron tu memoria, tus recuerdos, pero donde sea que te encuentres sabes que te amé de verdad y no se hasta cuando mi corazón guardará este amor por ti"
- "¡Bravo!! Muy buen discurso, te juro que me has hecho llorar"
- "¡Que haces tú aquí!!"
- "Sabia que vendrías a este lugar y quise venir a decirte unas cuantas palabras de consuelo"

Cassandra siempre había sido una mujer cínica y diabólica, su belleza era parte de su altivez y su mejor arma para engañar y manipular a los hombres.

- "¡No me interesa escucharte!! O si prefieres seré yo quien te de el pésame a ti, pues tú siempre estuviste enamorado de mi marido. Lastima que nunca te hizo caso, ya ves ni tu belleza lo pudo cautivar"

- "Eso dices tú querida…la verdad es otra, pero bueno no vine a discutir eso contigo, solo quiero decirte que pierdes tu tiempo en este lugar, Antonio murió y él jamás regresará a ti, desgraciadamente se fue con otra mujer y ni tu ni yo ganamos esa batalla, resígnate como yo so lo hice, además los hombres sobran"

- "Lastima que no haya uno bueno para ti, pues tu veneno los destruye rápidamente"

- "O porqué no decir que "mi amor" es lo que los mantiene a mi lado por siempre"

- "No se de que amor hablas, pues en ti no puede existir un sentimiento de ese tipo, brujas como tú no conocen esa palabra"

Me quiso golpear y con una mano la paré en seco.

- "¡Jamás te atrevas a pegarme!! Como ya les dije una vez, en mi han encontrado una enemiga y no les tengo miedo, ¡esto apenas comienza!"

Con una sonrisa cínica y odio en sus ojos se dio la media vuelta y se fue.

- "¡Susana ya iba a ir a buscarte!! ¿Te encuentras bien? Te ves muy pálida, creo que necesitas descansar"

- "Fernando, Cassandra estuvo aquí y me dejo pensando en algo que me dijo"

- "¡Que raro yo no vi a nadie llegar y mucho menos a ella!! ¿Será que habrá otra entrada?"

- "No lo creo, bueno no me extrañaría que paso sin que tú la vieras, ¡ellas pueden hacer eso y mas!!"

- "Bueno y dime que fue lo que te dijo que te dejo pensando"

- "¡Cassandra me dio a entender que Antonio sigue vivo!! Ella siempre estuvo enamorada de él, Antonio lo sabia y siempre procuraba estar lejos de ella, no me extrañaría que esas dos hicieran algo para hacer creer a todo el mundo que murió"

- "Susana no es bueno que empieces a crearte falsas esperanzas, si conseguimos abrir esa tumba y comprobamos que es el cuerpo de Antonio tendrás que ser fuerte y resignarte a su muerte"

- "Lo se, pero no quiero perder la esperanza hasta el último momento"

- "¡Vayamos a descansar!!"

Las cosas se estaban complicando para Irinea y ella lo sabia, sus planes no estaban saliendo como ella lo esperaba y las cosas poco a poco se descubrirían.

- "Julián y Sofía, ¿terminaron el trabajo que les encargue?"

- "Todo se hizo como usted lo pidió, pero salio otro problema"

- "¿Cual problema?"

- "El encargado del cementerio va a tratar de localizar al director para que autorice la exhumación"

- "Eso no sucederá, ahora necesito que tú Sofía vayas a visitar a Susana y la invites a tomar un café como antes acostumbrabas de esta manera la distraemos, lo demás ya sabes que hacer"

- "Esta misma tarde lo haré"

Todos hacían lo que ellas les mandaba, parecía que obedecían como esclavos sin preguntar ni contradecir.

- "Julián no se si podré hacer lo que Irinea me pide, cuando veo a esa mujer siento que ya la conozco, me inspira confianza, siento que es una buena mujer"

- "No se que decirte, la tía Irinea acostumbra a dar una orden y tiene que ser obedecida. Referente a Susana nunca tuve una comunicación cercana a ella...discúlpame que no pueda ayudarte en esto"

- "No te preocupes, quizá nunca la he conocido y ella tampoco a mi. Cambiemos de platica, no he tenido tiempo de preguntarte como te sientes por la muerte de tu hermana, ¿la extrañas?"

- "Si la extraño, era mi hermana menor. Fernando y yo la cuidábamos mucho después que nuestros padres fallecieron, ella era todo para nosotros...mi hermanita consentida"

- "Julián necesito confesarte algo talvez tú me puedas ayudar"
- "¿A que te refieres? ¿En que quieres que te ayude?"
- "No recuerdo nada de mi vida pasada, no se como llegue a esta casa y como te conocí, no se si tengo familia o amigos, no se que ha pasado con mis recuerdos"
- "Lo único que puedo decirte es que te conocí a través de Susana, quizá ella pueda saber más de tú vida pasada que yo"
- "Tienes razón en cuanto la vea le preguntaré"
- "Pero recuerda lo que se te ha pedido, si contradices a Irinea no se tentará el corazón en castigarte y no quiero eso para ti"
- "No te preocupes lo haré aunque no se porque obedezco a esa mujer, es algo que no puedo describir"
- "Sofía sabes que cuantas conmigo y si algún día descubres tu vida pasada espero que yo forme parte de esos recuerdos"
- "Y aún si no fuera así nunca me alejaría de ti, te amo y nunca te dejaré ni por un pasado escondido, ni por un futuro incierto"
- "Me siento igual que tú, a veces quisiera salir de esta casa; así como lo hizo mi hermano Fernando, pero no encuentro la forma de revelarme y enfrentarme a ellas, algo más fuerte que yo me lo impide"
- "Quizá algún día lo sabremos"

Ellos estaban tan confundidos como lo estuvimos en un tiempo Antonio y yo, siempre hablamos de escapar de ese lugar y algo nos lo impedía, ahora que supuestamente esta muerto y tengo mi libertad ¡no quiero irme de aquí!!

A veces nos encontramos en situaciones extrañas que no sabemos explicar, la vida tiene misterios que no podemos entender, pero nos da la oportunidad de salir y buscar respuestas que posiblemente existan y esperan ser reveladas.

Me siento triste y algunas veces sin esperanza, pero no puedo permitir que la duda consuma mi existir, sé que al final de camino todo saldrá a la luz.

Volvimos a la cabaña que Fernando tenia, era un lugar muy escondido y fuera de los ojos de esas dos brujas. Era acogedor y tenia solo una recamará, baño, cocina y una pequeña salita con chimenea la cual le daba calor al lugar.

- "Enseguida prepararé algo de comer, algo caliente te sentirá mejor"

No tenia palabras para agradecerle a Fernando todo lo que hacia por mi, era tan atento y paciente que cualquier mujer se enamoraría de él, sin contar que era un hombre apuesto y muy bien parecido. Empezaba a sentir algo por él, pero aún no sabia como describir ese sentimiento, Antonio seguía en mi mente y mi corazón y no podía dejar de pensar en él ni un segundo.

- "Fernando por qué eres así conmigo, tan especial y atento"

- "Ya te lo he dicho, te conocí en un momento difícil en tu vida y además te encontrabas sola entre medio de un par de arpías y me di cuenta que Antonio se encontraba bajo la influencia de ellas y no podía defenderte"

- "¿Como fue que tú no caíste en sus trampas?"

- "Siempre supe quien eran ellas y lo que podían hacer, así que siempre pretendí obedecerlas y estar de acuerdo en todas sus maldades. Cuando vivíamos en Marbella y mis padres fallecieron repentinamente en un accidente de carro, la tía Irinea se ofreció a cuidar a Luna y en ayudarnos en todo lo que necesitáramos, pero llego el día que tuvimos que salir de casa y venir hacia aquí"

- "Como es que no se dieron cuenta que fingías obedecerlas, ¿tú crees que tienen algún interés especial por ti?"

- "No lo se, Cassandra siempre mostró un interés por mí, pero ella no es la mujer que quiero para vivir el resto de mi vida, yo busco un amor sincero y honesto…simplemente no es para mi"

- "¡Cassandra es una mujer que no quiere a nadie, pero los quiere a todos a la vez! Irinea es una mujer misteriosa el tiempo que viví cerca de ella nunca escuche que estuviera interesada en nadie"

- "Sé que estuvo enamorada del padre de Antonio, pero él se enamoro de su hermana y eso jamás lo supero"

- "Quien querrá enamorarse de una mujer tan mala como ella, si bien es muy hermosa, eso nadie lo discute"

-" ¡Tú eres aún más hermosa que todas ellas!"

Eso me hizo que me sonrojara un poco.

Conversamos por horas y sin darnos cuenta la noche llego, la luz de la chimenea alumbraba una luz tenue que hacia de aquel lugar especial para el amor!

"Creo que ya es tarde es mejor que nos vayamos a descansar, mañana será un día muy ocupado, duerme tú en la cama, yo dormiré aquí en el sofá, dormirás mas a gusto, pero el único problema es que tendrás que dejar la puerta abierta para que te llegue el calor de la chimenea"

- "Gracias, la verdad es que no quisiera pasar otra noche con frío"

Esa noche no pude dormir, la imagen de Antonio me seguía por doquier, su sonrisa y su voz la escuchaba en mis oídos, parecía que su espíritu se encontraba a lado mío.

De pronto las ventanas se abrieron, un fuerte viento apago el fuego que alumbraba la chimenea y todo quedo en tinieblas, el miedo se apodero de mi y con un grito de terror desperté a Fernando quien corrió hacia donde yo me encontraba.

- "Tranquilízate Susana solo fue el viento, en un momento saldré a buscar más leña para prender la chimenea"

Susana- "Yo iré contigo, no quiero quedarme sola"

- "Hace mucho frío afuera no quiero que te enfermes, por favor espérame aquí no tardaré"

Me quede tapada en la cama, la oscuridad me aterrorizaba y más aún al recordar aquella sombra reflejada en la ventana de aquella casa, no entiendo como es que en este preciso momento tengo que pensar en eso.

De repente escuche un ruido y pensé que se trataba de Fernando más sin embargo no era él, me paralicé por un instante; el corazón latía fuertemente, mis ojos se forzaban en ver a través de la oscuridad, pero era inútil, solo escuchaba unos pasos que se acercaban lentamente hacia donde yo me encontraba y de repente todo quedo en silencio.

Quería gritar pero no podía, cuando de repente una mano fría toco mi rostro y unos labios húmedos rozaron los míos, después escuche el susurro de una voz que me decía al oído, - "he venido por ti",

No pude más y perdí el sentido.

- "¡Susana despierta que te pasa!!"

Desperté sobresaltada y lo único que hice fue abrazarme fuerte de Fernando quien se encontraba a lado mío.

- "Fernando por favor no me dejes sola te lo suplico, ¡Antonio estuvo aquí!! Lo escuche, me hablo al oído y me beso, pero no lo pude ver. ¡Creo que me estoy volviendo loca!!"

Temblaba de miedo y no podía dejar de llorar, el solo hecho de pensar que lo que sentí fue real me inundaba un miedo profundo que no podía describir.

- "Susana te los has imaginado, a veces el miedo hace que escuchemos o nos imaginemos cosas que no existen, Antonio no pudo estar aquí él ya esta muerto y si no fuera así tampoco pudo entrar y salir sin que yo no lo hubiese visto...por favor tranquilízate solo fue parte de tú imaginación"

- "Pero fue tan real lo que sentí y su voz aún me retumba en mis oídos...quédate conmigo hasta que me duerma y no te separes de mi"

- "Si así lo quieres me quedaré esta noche contigo"

En sus brazos me sentía segura, a pesar de que extrañaba Antonio, sentía miedo de imaginarlo diferente, esa horrible sensación y lo helado de sus labios se habían quedado grabados en mi mente desde ese momento.

CAPITULO SEIS

- "¿Quieres hablar de lo que paso anoche?"

- "No lo se, estoy muy confundida, talvez no me creíste cuando te dije que Antonio estuvo aquí, el cuarto estaba tan oscuro que no pude ver su cara, pero estoy segura que era él, ¡su voz es inconfundible para mi!!"

- "Susana no es que no te crea, lo que pasa es que estas muy nerviosa por todo lo que ha pasado, aún no estamos seguros que Antonio haya muerto, pero es casi imposible que haya estado aquí sin que yo lo haya visto entrar"

- "Lo sé y eso me tiene confundida, al mismo tiempo me llena de terror de tan solo pensar que se me haya aparecido"

- "Yo no creo en fantasmas, los muertos nada saben...pero si creo el mal existe y cual quier cosa puede pasar tan solo para engañar a la gente"

- "¡Comparto la misma opinión! Te prometo que trataré de olvidar lo sucedido, vayamos a desayunar que muero de hambre"

"Si, y después iremos a preguntar si ya tienen el permiso para exhumar el cuerpo, es mejor que salgamos de esa duda ¡lo más pronto posible!"

Trataba de disimular enfrente de Fernando, pero el recuerdo de Antonio seguía presente en mí, su voz la escuché tan clara que podría asegurar que fue real.

Mientras desayunábamos tranquilamente vi que entraban Sofía y Julián sentí un gusto de volver a ver a mi amiga, que aunque no sabía si ella aún me consideraba como tal.

- "Hola Susana, hola Fernando ¡buenos días!! Que gusto de verlos"
- "Hola hermano por qué te habías desaparecido"
- "No me desaparecí lo que pasa es que Susana necesitaba ayuda en algunas cosas y me ofrecí en ayudarla...y dime como fue que paso ese accidente donde murió nuestra hermana"
- "Todo fue tan rápido, ellos salieron a cenar esa noche, Antonio se veía un poco extraño, como en otro mundo, sus ojos se veían distintos, no captaba lo que se le decía, en cambio mi hermana se veía feliz, parecía que presentía que esa noche sería la última de su vida...todo fue muy triste, no sabes como la extraño"
- "Yo también la extraño y mucho"
- "Sofía como has estado, ¡nunca pensé encontrarte en esa casa!! Como fue que llegaste ahí después de todo lo que te había platicado"

La reacción de Sofía era diferente como si no supiera que contestarme, algunas preguntas me las evadía pero otras las contestaban sin ningún sentido, era otra persona a la que no conocía, ni ella a mí.

- "Julián me pidió que me mudara a vivir con él, estamos muy enamorados, ¿verdad mi amor?"
- "Así es, el haber conocido a Sofía fue lo mejor que me haya pasado en mi vida, ¡es una mujer maravillosa!! ¿Y ustedes tienen una relación sentimental?"

La pregunta me sorprendió que no supe que contestarle, deje que Fernando lo hiciera.

- "No, Susana y yo solo somos buenos amigos, además ella
esta pasando por un momento difícil en su vida, su padre acaba de
fallecer y ahora con la noticia de Antonio se siente muy deprimida"
- "Disculpen no quise ser imprudente"
- "No te preocupes es lógico que piensen así, pues de un tiempo
acá nos hemos vuelto inseparables"

Todos reímos sin tomar enserio el comentario de Julián.

- "Susana me gustaría platicar contigo, si gustas vamos a
caminar un rato dejemos a los hermanos platicar a solar"
- "Me parece bien, yo también tengo ganas de platicar contigo"
Los dejamos sentados terminando su café y charlando como dos
buenos amigos que se acababan de encontrar después de un largo
tiempo, mientras que Sofía y yo nos fuimos al parque más cercano
para conversar.

- "Y dime Sofía ¿que fue lo que te convenció para mudarte a esa
casa?"
- "Como te dije anteriormente, Julián y yo estamos enamorados
y decidimos vivir juntos, él me ofreció irme a vivir con él, además
estoy muy contenta, todos se portan muy bien conmigo"
- "Sofía tengo una curiosidad…la noche de la ceremonia donde
supuestamente mi marido se caso con Luna ¿tú ya formabas parte
de esa secta? ¿Por qué no me lo habías dicho?"
- "Susana si yo te dijera que no sé como llegue hasta ahí, no
entiendo muchas cosas que hago ahora; no me acuerdo de mi vida
pasada. Desde el momento que entre a esa casa empecé a sentir
cambios en mi comportamiento, hasta como me expreso siento que
es diferente, pero no se como explicarlo…y si te soy sincera no me
acuerdo mucho de ti"
- "Es muy lamentable lo que te pasa, pero creo saber quienes
son responsables de que se te hayan borrado parte de tus recuerdos"
- "¿A quienes te refieres?"
- "¡A esas mujeres!! Irinea y Cassandra, recuerdas que una vez
te dije que ellas eran ¡brujas! yo lo confirmé muchas veces, ellas

destruyeron mi matrimonio y han desaparecido Antonio, no se conque intención lo han hecho pero lo que si sé es que ahora vivo en la angustia y con el miedo de que su maldad me siga por donde vaya. Sofía quiero preguntarte si tú estuviste presente en el funeral de Antonio y Luna, ¿los viste?"

- "Para serte sincera solo estuve en el entierro, la tía Irinea pidió que nadie estuviera presente, excepto ella y su hermana Cassandra"

- "¿Por qué hizo eso? ¡Entonces cabe la posibilidad de que Antonio no este muerto!! - -"¿Entonces de quien eran esos cuerpos? ¿Y donde están?"

- "Ellas pueden hacer eso y más, esconderlos en cualquier lugar solo para llevar a cabo sus planes diabólicos"

- "Antes que se me olvide, tengo algo para ti, es una carta de Antonio que me entrego antes de irse a esa viaje, me dijo que te la diera personalmente"

- "Gracias por no habérsela entregado a ellas, después de todo sigues siendo buena amiga aunque ya no me recuerdes"

- "No puedo mentirte pues estuve apunto de entregárselas pero algo me dijo que no lo hiciera. Sé que algún día volverán esos recuerdos, espero y me comprendas que no soy la que una vez fui"

- "Para mí siempre serás la amiga que me brindo su amistad incondicional"

Seguíamos platicando y ayudándole a recordar aquellos días que salíamos a platicar y a tomar el café juntas, sin darnos cuenta ya habían pasado un par de horas y Fernando y Julián ya venían a buscarnos.

- "Hola chicas lamentamos interrumpirlas pero creo que es hora de irnos, Sofía recuerda que tenemos otros pendientes que terminar"

- "Me dio mucho gusto verte, espero que no sea esta la última vez que conversemos"

-"No digas eso Susana te prometo que buscaré la forma de salir, yo te buscaré"

Nos despedimos y Fernando y yo nos dirigimos hacia el cementerio, estaba nerviosa de saber si habíamos conseguido el permiso de la exhumación, pero también estaba impaciente de abrir esa carta que Antonio había escrito para mí.

- "Fernando, ¿tú crees que Antonio este vivo?"
- "Si él esta vivo, espero que mi hermana lo esté también"
- "Si claro, perdóname lo egoísta que he sido, solo he pensando en mi dolor, he olvidado que tú también sufres por la pérdida de tú hermana… ¿me perdonas?"
- "No tienes porque disculparte, los dos hemos perdido a dos seres muy importantes en nuestras vidas, cada uno llevamos nuestro dolor por dentro y al igual que tú yo también albergo una esperanza en mi corazón"
- "¡Roguémosle a Dios que así sea!!"

Le dí un beso en la mejilla como muestra de mi amistad. Llegamos a la oficina y la persona encargada nos recibió no con buenas noticias.

-"Disculpe que no les tenga buenas noticias, pero el director que autoriza no vendrá hasta en dos semanas más y sin su firma no podemos hacer nada, lo siento"

Nos fuimos del lugar desilusionados, pero al mismo tiempo la luz de la esperanza se alumbraba cada vez más en nuestros corazones.

- "¿Y ahora que vamos hacer todo este tiempo? No creo tener la paciencia de esperar dos semanas más, esta incertidumbre me esta matando"
- "Te entiendo yo siento lo mismo, pero debemos tener paciencia y esperar"
- "Así que piensan que esos dos están vivos…lamento decirles que están perdiendo su tiempo"

Era Irinea quien se encontraba vestida de negro de pies a cabeza.

- "¡Que haces aquí Irinea!! ¿Acaso has venido a llorar a tus muertos?"

- "Yo acostumbro a visitar a todos aquellos que una vez formaron parte de mi vida, lo crean o no, Luna y Antonio siempre fueron muy queridos para mí"

- "¿Por qué razón no permitió que nadie estuviera en el funeral?"

- "Esa fue una decisión personal, puesto que solo Cassandra y yo éramos los únicos familiares de Antonio y, a lo que respecta a Luna, ninguno de sus hermanos se encontraban cerca"

- "Julián estaba ahí cuando sucedió el accidente, ¡bien me pudieron avisar y yo hubiese estado presente para despedir a mi hermana!! ¡Nunca te perdonaré el no haberme avisado!!"

- "¡Por favor Fernando no me digas eso!! Yo no sabia donde te encontrabas, además ya se te olvido que te fuiste de aquí con esta mujer"

- "¡No te permito que le hables de esa manera! Susana necesitaba mi ayuda, además el castigo que le habías impuesto era inhumano, si ella quisiera te puede culpar con las autoridades"

- "¡Así es, lo voy hacer en cuanto tenga las suficientes pruebas en su contra!!"

- "¡De que pruebas estas hablando!! Yo no tengo nada que ocultar, si me acusas de la muerte del hombre que nunca fue tú marido, déjame decirte que fue un trágico accidente y nada más"

- "No estoy muy segura de que eso sea cierto"

- "Haz lo que quieras, pero te advierto que no tengo tiempo para niñerías"

De repente cambio su tono de voz al dirigirse a Fernando.

"Fernando no dudes en volver a la casa, tú hermano te necesita, sabes que yo no tengo nada en contra tuya, vuelve en cuanto quieras"

- "¡Gracias pero no creo volver a ese lugar jamás!!"

Irinea al escuchar esas palabras cortantes de parte de Fernando su rostro se le desfiguro de odio, más no quiso insistir era demasiado orgullosa como para suplicarle a alguien.

- "¡Por qué esa insistencia en que vuelvas a esa casa?"
- "No lo se, ella siempre ha sido muy misteriosa, es mejor andar con cuidado"

La noche llego y el miedo empezó apoderarse de mí, no quería que Fernando se diera cuenta pero mis nervios me delataban.

- "Susana ya es tarde es mejor que nos vayamos a descansar"
- "Tengo miedo de dormir, tengo miedo de imaginarme Antonio y no poder ver su rostro"
- "¡Eso fue solo una pesadilla! yo estaré al pendiente por si algo pasa"
- "Gracias intentaré dormir"

Me quede dormida pero de pronto escuche de nuevo su voz, esta vez estaba frente a mi, pude ver su cara, sus ojos y sus manos me llamaba para que lo siguiera...era como una fuerza extraña que me hizo que me levantará y fuera tras de él...Fernando se encontraba profundamente dormido que no se dio cuenta cuando abrí y cerré la puerta. Mis pasos no podían detenerse, él iba delante de mí y sin voltear y seguro de que lo seguía nos internábamos cada vez más en el bosque.

Podía sentir el frío de la noche, las ramas lastimando mis pies descalzos, pero aunque hubiese querido dar marcha atrás, no lo hubiese conseguido, era algo más fuerte que yo, difícil de describir...me sentía hipnotizada por su presencia.

De repente se detuvo frente a una cueva oscura, se paro y alargo su mano para tomar la mía, al sentir el contacto de su mano sentí un toque electrizante que me recorrió todo mi cuerpo.

- "¿Antonio realmente eres tú?"

No me contestó él solo continuaba caminando hasta que llegamos a la misma puerta que una vez haya visto en mis sueños, saco la llave y cuidadosamente la introdujo en el cerrojo, la puerta se abrió y una luz intensa encandilo mis ojos.

Cruzamos el umbral de la oscuridad para entrar al lugar más hermoso que yo haya imaginado jamás, estaba asombrada del paisaje tan bello que ahí se encontraba, solo se sentía una total tranquilidad, la misma que mi corazón anhelaba intensamente.

Por fin Antonio habló y se dirigió a mí con una voz serena y entendible.

- "Susana, ¡bienvenida a tu nuevo hogar!!"

Desperté de mi transe y por unos segundos no sabia que decir o qué preguntarle, todo era diferente a lo que había vivido con él tiempo atrás.

Continúo diciéndome:

"Quiero que te quedes conmigo para siempre, aquí nada nos hará daño y viviremos felices sin que la muerte nos alcancé, la juventud se quedará con nosotros por siempre y no tendremos dolor ni cansancio, todo será perfecto"

- ¡"No entiendo de que me estas hablando!! ¿Dónde estamos?"

- "¡Este lugar lo tenia reservado para nosotros dos!! ¡No estas feliz de que estemos juntos de nuevo!

- "¡Tú estas muerto!! Estuve en tú tumba, todos dicen que tuviste un accidente, Luna te acompañaba, los dos murieron instantáneamente. No puede ser cierto todo esto, tiene que ser un sueño, ¡eso es un sueño!!"

- "No es un sueño, es la realidad... es verdad que fallecí en ese accidente, pero fue tan solo para elegir vivir aquí o dentro de una tumba fría y oscura...esta fue mi elección"

- "¿Quieres decir que estas muerto¿ ¿Que hago aquí con alguien que no existe??"

- "Si existo y me tienes frente a ti, tienes que aceptar vivir conmigo y renunciar a todo aquello que te hizo infeliz... ¿comprendes?"

- "¡No, no comprendo nada!!"

Quería despertar de mi sueño, es verdad que soñaba con verlo de nuevo Antonio, pero no como un fantasma que llega y se desvanece entre la oscuridad; que aparece dentro de un paraíso y me ofrece una vida sin fin. ¡Esto no es normal y no puede ser verdad!

"Antonio tú estas muerto, todo esto que esta frente a nosotros es una fantasía, espejismos que se desvanecen con el viento; un paisaje pintado con los colores más vibrantes, pero si la lluvia cae todo lo dejará gris… ¿dime si realmente te encuentras sepultado en esa tumba que lleva tú nombre?"

- "Eso es lo que tú quisieras saber, si verdaderamente morí en ese accidente"

- "No quisiera que fuera verdad, pero si es así lloraré tú partida y te daré el luto que te mereces"

- "¡Pensé que te gustaría quedarte conmigo por siempre!!"

- "¡Que más quisiera yo!! Sabes que te juré amor hasta que las muerte nos separará, tristemente ESA MUERTE nos escuchó y llegó antes de lo previsto, y aunque me duela tú partida tendré que aceptarla…tú espíritu necesita el descanso que se merece"

- "Antes que te marches quiero decirte el secreto de la destrucción de esas mujeres, pero debes prometerme que serás cuidadosa, porqué de ti depende que yo encuentre mi descanso"

- "¿Te refieres al libro que andábamos buscando?"

- "Así es, ese libro se encuentra en un lugar muy peligro y contiene las palabras perfectas para mantenerlas con vida por toda la eternidad ó para destruirlas por siempre…aunque si te equivocas en pronunciar dichas palabras, la maldición caerá sobre ti y yo no estaré ahí para ayudarte"

- "¿Como sabré cuales son esas palabras que será para su destrucción? ¿Acaso existe una clave que me dirá su significado?"

- "La hay pero eso no puedo decirte pues ni yo lo sé"

- "¿Dónde se encuentra el libro?"

- "Tienes que volver al laberinto y entrar al pozo que se encuentra en el centro, bajas y encontrarás cuatro túneles, tres de

ellos no tienen salida y podrías quedar atrapada en uno de ellos, solo uno tiene escondido el libro y el mismo te mostrará la salida"
"Pero antes que te marches, quiero pedirte que te quedes un poco más aquí conmigo"
Susana- "Sabes que me quedaría por siempre aquí, pero los dos sabemos que es imposible, este lugar es solo un espejismo y tarde o temprano desaparecerá, mientras tanto me quedaré a tu lado hasta que amanezca"

Me quede en sus brazos, sentados bajo un árbol grande y frondoso lleno de pajarillos que nos alegraban el momento, había flores de mil colores al rededor, la brisa fresca bañaba nuestro rostros, el sol se asomaba por entre las montañas, como si su timidez le impidiera mostrar su esplendor. Todo era hermoso y perfecto para vivir, pero muy dentro de mí sabía que eso no existía, por lo menos no tan cerca del mundo en el que vivíamos.

No quise preguntar como y por qué se dejo convencer por sus tías, porqué me dejo y se casó con Luna; si en realidad sus recuerdos se perdieron en la nada o fue obra de una maldad.

No quise preguntar y preferí callar para recordar esos momentos cerca del hombre que ¡tanto amé, amaba y amaré por siempre!

Deje que el tiempo pasará y decidí quedarme un poco más ya que quizá nadie me extrañaría si no volvía...olvidé que existía alguien quien esperaba por mi.

- "¡Susana despierta!! Ya son casi pasadas de las doce"
Al darse cuenta que no respondía se acerco a mí y trató de despertarme, al tocar mi rostro y mis manos se dio cuenta que estaba helada, sintió que las fuerzas le abandonaba y se sentó en la cama. De inmediato tomo mi pulso y se acerco para escuchar mi corazón pero no escuchó nada, parecía que había muerto mientras dormía, la tristeza lo invadió y comenzó a llorar sin consuelo.

"¡Susana por favor despierta!! No puedes estar muerta tú también, no me dejes solo, te necesito, eres la mujer que siempre soñé, te amé en silencio albergando una esperanza en mi corazón, ahora te has ido sin que me hayas dado tiempo de condensarte mi amor"

Se quedó en silencio y se acostó junto a mí, tomó mi mano y beso mis labios como una señal de resignación. ¡Quería despertar y decirle que no estaba muerta!! Que me diera tiempo de volver y despedirme de un amor que ya no existe… ¡que me diera tiempo!! Después de un momento de silencio se levantó y tomó el teléfono, su mano temblorosa marcaba los números de una ambulancia, tenia que reportar mi muerte y las causas, si es que había tales.

Gritaba por dentro pero él no podía escucharme, sus movimientos eran como un robot, me cruzó las manos y me puso una hermosa flor entre ellas, me contempló por un momento y salio a llorar su dolor.

No supo como localizar a mi familia, llamó a Julián y Sofía al darles la noticia de mi repentina muerte, acudieron de inmediato. Llegaron los paramédicos me examinó y verificó las causas de mi fallecimiento, "muerte súbita"; nunca pensé que algún día moriría así.

Aunque realmente no estoy muerta solo dormida, pero como decirles si nadie me escucha.

- "¡Por favor Antonio necesito volver!! Ayúdame a despertar de este sueño, a llegado el momento de despedirnos antes que sea ¡demasiado tarde!!"

Parecía no escucharme, aunque sabia que era solo un sueño no podía despertar de él, sabia que si él no hacia nada por ayudarme, me quedaría atrapada para siempre y en verdad moriría.

De pronto su cara y su cuerpo se fueron desfigurando, poco a poco se iba convirtiendo en otra persona, estaba aterrorizada, no podía moverme el miedo se había apoderado de mí al ver que no era Antonio quien me había llevado hasta ese lugar. No había sido el hombre a quien yo había seguido y que había compartido unas horas de felicidad en ese paraíso de fantasía…lentamente su cuerpo y su rostro tomaban forma y cual fue mi sorpresa al ver que era Cassandra la hechicera.

- "¡Sorpresa!! ¿Que te pareció mi transformación, sorprendente verdad?"
- "¿Tú? ¿Como pudiste hacer esto? ¿Dónde este Antonio? ¡Dime que hiciste con él!!"
- "Antonio ahora me pertenece y se encuentra en un lugar muy lejos de aquí esperándome, en otra vida muy distinta a ésta. El Eligio vivir conmigo, pero antes tenia que quitarte de mi camino, lo debí haber hecho hace mucho tiempo, pero te dí la oportunidad de que te resignarás a su muerte, sin embargo te empeñaste a escarbar cosas que no pertenecían y mi paciencia tiene un límite"
- "¿Por qué me has traído aquí con engaños? ¡Déjame volver y jamás sabrás de mí!!"
- "¡No! es demasiado tarde para eso, así que ahora mismo todos lloran tú muerte y dentro de unas horas será tú entierro, y solo bastarán unos días para que tú recuerdo quede en el olvido"
- "¿Solo dime una cosa, Antonio esta muerto?"
"Lamentablemente para ti si y, lo que respecta a Luna tuvo que pagar la osadía de haber fijado sus ojos en el hombre que he amado por ciento de años"
- "¿A que te refieres? ¿Acaso tú también estas muerta?"
- "¡Mas o menos, mi hermana y yo tenemos el privilegio de vivir el tiempo que queramos!!"
- "Sé que existe un libro donde se encuentra su propia destrucción y lo encontraré"
Con una risa burlona se dirigió a mí y contesto:
-"Pobre ilusa, eso te lo dije para que creyeras que era Antonio quien te hablaba, pero la realidad es que no existe ¡NADA que pueda destruirnos!!"
Mientras tanto las horas eran cruciales para mí, todos se habían hecho a la idea que había muerto y se hacia los preparativos de mi funeral lo antes posible.
Fernando le comento a su hermano que en cuanto todo eso terminara se marcharía para Europa aunque la noticia no le había gustado a la tía Irinea.
¡Tenia que buscar la forma de salir de aquí y pronto!!

- "Fernando, ¿por qué quieres irte de este lugar?"

- "Irinea yo no tengo nada que hacer aquí, la razón que decidí quedarme fue por Susana, me enamoré de ella aunque nunca lo supo, ahora que se ha ido no podría seguir en un lugar que todo me la recuerde"

- "Entonces déjame ir contigo, yo también necesito salir un tiempo de este lugar"

- "¡No! Irinea quiero irme solo, además no tengo pensado todavía el lugar a donde iré"

Esa respuesta no la satisfació, pero sabía que no era el momento para insistir, aunque sabia que lograría irse con él.

Cassandra me amarro junto a un árbol, dijo que ahí sería alimento para los animales que se acercarán, eso me helo la sangre y aunque le suplique no me dejo ir.

Cassandra era una mujer demasiado diabólica y sus pensamientos eran de continuo al mal, no tenia corazón y su egoísmo era parte de su personalidad. Su belleza la utilizaba para engañar a los hombres, primero los usaba y después los desaparecía, pero ahora había sido distinto con Antonio, ella había dicho que lo amaba desde hacia ciento de años, ¡que quiso decir con eso!!

- "Ahora entiendo porque estas obsesionada con Antonio, pues siempre estuviste enamorada de su padre y como él eligió por esposa a tu hermana menor, por eso Irinea y tú se quedaron envenenadas de odio; ¡ahora crees que Antonio es ese hombre!!"

- "¡Cállate!! ¡Quien te contó esa historia tan absurda!"

- "Eso es lo de menos, lo que importante es que ahora conseguiste Antonio por la fuerza, pero no por amor, pues tú siempre supiste que él me amó a mí, y ni con tú belleza pudiste conquistarlo, es verdad que lo tienes pero frío y sin vida"

Se quedo callada, no supo que responder pues en el fondo de ella sabia que era cierto.

De repente se sentó y una lágrima rodó por su mejilla, quizá era la primera vez que lloraba...no lo se, talvez su corazón le pedía

agritos sacar lo que por muchos años guardaba dentro…sentí pena
por ella más preferí callar.

- "Hace muchos años me enamoré de un hombre, él padre de
Antonio el cual me conoció primero a mí que a mi hermana, me
enamoré de él sinceramente y él de mí, pero mi madre se opuso a
que me casará pues ella decía que Irinea y yo éramos responsables
de cuidar de ella y nuestra hermana menor…tristemente obedecí las
ordenes de mi madre y vi como él unía su vida con otra mujer; eso
me destrozó por dentro y juré no volver enamorarme de nadie más,
hasta que llegara alguien que tuviera su mismo parecido y su mismo
carácter…ese hombre fue Antonio"

- "¡Pero por qué elegir precisamente a él!! Habiendo tantos
hombres locos por ti, sin contar que es tu ¡sobrino!"
- Antonio no es mi sobrino. Yo no soy hermana de Irinea…
cuando pequeña la madre de ella me recogió de la calle y me crío
como una más de sus hijas, sin embargo nunca llego a quererme, su
desprecio lo llevo guardado en mi corazón por siempre. Ese hombre
se convertíos una obsesión, e Irinea se burlaba de mí recordándome
cada minuto mi tristeza. Ella ha sido para mí más que un verdugo
y el haberme convertido en una bruja se lo debo a ella…pero ya
es tarde para arrepentimientos ahora lo tengo conmigo y juntos
viviremos una eternidad"
- "Me alegro por ti, pero ¿por qué te haz ensañado conmigo?
¿Que te he hecho yo para que me ates a este árbol y me dejes
morir?"
- "No quiero que vuelvas y trates de destruirme, porque si lo
haces toda esperanza morirá junto con mi amor"
- "No se si pueda prometerte eso, recuerda que tú hermana
espera por mí y quiere desaparecerme, que puedo hacer yo por ti"
- "La única forma de dejarte ir es que me prometas que no harás
nada en nuestra contra, olvidar que existe un secreto que nos pueda
destruir, alejarte y vivir tu vida con otra persona y olvidar que una
vez existió Antonio"
- "¡Te lo prometo!!"

Tomó un cuchillo y tiró del lazo que me tenía atada al árbol y después cortó la palma de su mano y cortó la mía, uniendo las dos en una sola, la sangre se mezclo y fue así que firme un trato entre las dos. Enseguida desperté pero todo se veía totalmente oscuro, no podía moverme, mis manos sujetas a los lados, me hacia falta el aire, Dios mío ¿donde me encontraba? Escuchaba voces y llantos, un hombre hablaba acerca de la vida y como todos teníamos que irnos algún día, hablaba del ultimo adiós que se le daba a un ser querido. Me encontraba dentro de un ataúd. ¡Están apunto de enterrarme!! No puede ser, ¡ayúdenme, sáquenme de aquí!!

Gritaba y nadie podía escucharme, de repente todo quedo en silencio, parecía que se iban retirando uno por uno... ¡me han dejado sola!!

-"Susana, creo que ésta será la última vez que este junto a ti, me despido sin antes decirte que te amé como nunca eh amado a otra mujer, pero el destino me tenia una mala jugada, y ante eso no pude hacer nada...ahora me culpo de no haber tenido el valor de decir en vida lo mucho que te quería, hoy ya es demasiado tarde... ¡adiós para siempre!!"

Al escuchar esas palabras me entraron fuerzas y empecé a moverme de un lugar a otro, logré que me escuchara, bueno eso creo.

- "¡Susana, Susana estas vivas!!"

Rápidamente abrió el ataúd y me agarró en sus brazos sacándome de ese horrible cajón, sentí que volvía a la vida al respirar el aire tan preciado que Dios nos dio.
"¡Mi amor estas viva!!"

Me quede viéndolo sorprendida, pues aunque ya había escuchado su confesión no creí que lo volviera a repetir.

- "Perdóname, es que estoy tan contento y sorprendido a la vez de que estés ¡viva!!" Jamás había presenciado un milagro de ésta magnitud, además no me hubiese perdonado haber sido yo quien te había enterrado viva, perdóname por haber cometido ese horrible error"
- "No te preocupes, soy yo quien tiene que agradecerte por haberte quedado hasta el ultimo momento, si no hubiese sido así ahora no estuviera aquí con vida, te viviré eternamente agradecida"
- "Te llevaré a que te revise un médico y te harás varios estudios para saber las causas de tu supuesta muerte"
- "No es necesario que me hagan ningunos estudios, yo sé cuales fueron esas causas"

Salimos de ese lugar y dejamos todo como estaba, pensé que era mejor que todos creyeran que había muerto.

- "Fernando no quiero ir a esa cabaña, llévame a otro sitio mientras me recuperó, por favor"
- "Como tú digas"

Llegamos a una casa estilo hacienda que quedaba fuera del pueblo, parecía que era como una estancia para personas que necesitaban un retiro espiritual, nos pidieron un deposito y los días que nos íbamos a quedar, Fernando pagó por una semana.

"Los días que decidas quedarte, creo que te hará bien un descanso tanto físico como mental"
Me cuidaba con un especial cariño, no sabia como expresar mi agradecimiento por todos sus cuidados, lo menos que podía hacer era contarle que había pasado realmente, talvez me creería o no.

- "Creo que es hora que te cuente lo que pasó"

Con total atención se sentó y esperó a que iniciará mi relato, lo cual no sabia por donde empezar, era tan fantasioso y real a la vez que cualquiera se reiría de mí, pero era importante que Fernando dejará de sentir esa culpa que llevaba dentro.

"¿Recuerdas la tarde que estuvimos con tu hermana y Sofía en el café?"
- "Si la recuerdo, por qué"
- "Después que estuvimos con ellos y llegamos a la casa me pediste que me fuera a dormir pues me veía cansada, pero la verdad era que tenia mucho miedo pues no quería escuchar la voz de Antonio"
- "¿Y por qué no me dijiste?"
- "No quería parecer como una adolescente que necesita de su ángel guardián velando su sueños, aún con ese miedo que me invadía me quede profundamente dormida, pero algo extraño sucedió"
- "Que fue lo que paso"
- "Tú dormías profundamente y yo desperté sobresaltada pensando que había escuchado a alguien entrar, los pasos se dirigían hacia mi cama y frente a mí se encontraba Antonio quien me dijo, "SIGUEME" y yo obedecí su voz y lo seguí"
- "¡Como es que no me dí cuenta que saliste!! ¡Te hubiese detenido!"
- "Después me llevó a través del bosque y caminamos hasta una cueva oscura, entramos en ella y había una puerta, la cual la había visto alguna vez en mis sueños; la puerta se abrió y de inmediato nos encontrábamos en un paraíso, ¡el lugar más hermoso que te hayas imaginado!"
- "¡Todo fue parte de un sueño!!"
- "Cuando estaba ahí todo se veía tan real, Antonio me habló de lo que había pasado y me suplicó que me quedará con él para siempre, que me resignará a esta vida. Te confieso que lo pensé por un momento, pero conforme pasaban las horas me daba cuenta que todo eso que se encontraba frente a mí era solo una ilusión, una fantasía que tarde o temprano desaparecería"
- "Todo era parte de un sueño"

- "Si fue solo un sueño, pero ahora creo que hasta en tus propios sueños puedes no despertar y morir"
- "No lo había pensado de esa manera, pero talvez tengas razón... ¿entonces como fue que finalmente despertaste?"
- "Al darme cuenta que me declararon por muerta, sentí pánico y fue entonces que le pedí que me ayudará a volver...pero fue en vano, Antonio no era quien me había cruzado tras el umbral de los sueños, sino otra persona"
- "¿A quien te refieres?"
- "Cassandra!! Ella usurpo el cuerpo de Antonio y usando todo su poder diabólico me hizo creer que era él... ¡te das cuenta!! Esa mujer me quería dejar atrapada en el tiempo y perder toda esperanza de vida"
- "¿Que fue lo que la hizo cambiar para dejarte regresar?"
- "Esa pregunta no eh podido encontrarle respuesta, siento que ella no era lo que aparenta ser, alguien más le robó su esencia y su amor propio"
- "¿Y dónde se encuentra Antonio ahora?"
- "Ahora sé que jamás volverá, su amor, sus pensamientos han perecido y nunca más tendrá parte de lo que se hace debajo del sol"

Con estas palabras que una y muchas veces había leído en el "libro de la vida" dí por terminado una etapa más en mi vida.

- "Sea como sea me siento dichoso que Cassandra te haya dado la oportunidad de despertar de esa horrible pesadilla"
- "Sabia que aún existen personas que esperan por mí y eso me dio fuerzas para volver"
- "Yo soy una de ellos, no lo olvides"
"Lo sé y tú fuiste una de esas personas por lo que yo regresé"
- "¿Susana, tú sientes algo especial por mí?"

Esa pregunta me puso nerviosa, no sabia que contestar, la muerte de Antonio estaba tan reciente que el amor que yo sentía no sería fácil de suplirlo por alguien más...no por ahora.

- "Tú eres el mejor y único amigo que yo tengo, y sin ti ahora mismo me sentiría perdida"

Era hombre demasiado comprensivo y respetuoso, lo que hizo guardar sus sentimientos y ofrecerme su sincera amistad.

- "¡Tú también representas para mí alguien muy especial!!"

Me dio un beso en la mejilla y se fue a caminar solo…solo y sus pensamientos lo seguían por doquier, con una tristeza de desilusión en sus ojos se alejo, no pude ir tras de él pues no era yo la mujer que el necesitaba para recibir consuelo…no en esos momentos.

La semana terminó en ese precioso lugar, Fernando me hizo una invitación:
- "Susana tengo un viaje en puerta, me gustaría que me acompañaras te servirá mucho el salir de este lugar y distraerte un poco… ¿aceptas?"
- "No lo se, hay tantos recuerdos que me atan aquí que me será muy difícil salir y renunciar a ellos"
- "No te estoy pidiendo que renuncies a tus recuerdos, esos los llevaras contigo a donde quiera que vayas…tú corazón tiene un lugar especial para guardarlos y cuando sientas la necesidad de volver a vivirlos lo harás sin problema"
- "Siempre encuentras las palabras perfectas para hacerme sentir menos culpable"
- "No eres culpable de nada, solo fuiste una víctima de la maldad de esas mujeres, llegaste al lugar equivocado, pero no quiere decir que te hayas quedado atrapada en el"
- "¡Si estoy atrapada en esa casa!! Existe una maldición que me encadena a ella y aunque salga, volveré a ella"
- "¡Tiene que haber algo para romper esa supuesta maldición!!"
- "¡Si lo hay, el libro que contiene su secreto y creo saber donde encontrarlo!!"
- "No creo que sea el momento de buscarlo, necesitas el descanso adecuado para que vuelvas tus fuerzas, tanto física como mental"

- "En eso tienes razón, pero no dejaré que pasé mucho tiempo, pues presiento que algo más esta por suceder"

La conversación terminó ahí y le prometí que me diera tan solo unos días decidirme si lo acompañaba o no...sentía la necesidad de ver a mi madre y saber como estaba, después que tuve la muerte tan cerca, me di cuenta lo importante es estar bien con las personas que una ama.

- "Muy bien estaré esperando tú respuesta, si en una semana no tengo respuesta tuya, me iré"

Esta vez sus palabras sonaban firmes y sabia que si lo dejaba ir, jamás volvería a saber de él. Me dijo que iba a ir a despedirse de su hermano y que después cerraría unos negocios que tenia pendientes, me dio miedo tan solo al pensar que volvería a entrar a esa casa, Irinea se encontraba ahí y todo podía pasar.

- "¡Fernando!! Sabia que vendrías"
- "Hola Irinea como has estado, ¿se encuentra mi hermano?"
- "¡Oh, pensé que venias a verme!! Pero parece que me equivoqué"
- "No es momento para reclamos absurdos, sabes que siempre eh sido un hombre de pocas palabras, esta vez eh venido a despedirme de Julián, ya que en unos días saldré viaje y no se cuando volveré"
- "¿Has tomado en cuanto mi propuesta?"
- "Pensé que había sido claro contigo, me voy solo y no es que no quiera tu compañía, pero debes entenderme que no tenemos nada en común y un viaje juntos no tendría sentido"

Irinea no pronuncio ni una sola palabra más, si silencio guardaba pensamientos que ella solo conocía y que algún día los haría realidad.

- "Te entiendo y no te preocupes yo se esperar, tiempo es el que me sobra...ahora con respecto a Julián lamento decirte que no se encuentra, salio fuera con Sofía me dijo que querían disfrutar un tiempo juntos y que después se comunicaría contigo"

- "Me extraña que mi hermano no se haya despedido de mi, él y yo siempre hemos sido muy unidos, algo debió haber pasado para que se haya ido así de repente"

- "Con la muerte de tu hermana y la muerte repentina de Susana ha puesto a todo el mundo nostálgico, ¿no crees?"

- "Estas tú triste por la desaparición repentina de Cassandra?"

- "¡Cassandra no está desaparecida!! ¿En que te basas para decir algo así?"

- "Hace tiempo que no se ve por aquí, desde la muerte de Antonio o ¿será que también salio de viaje?"

- "Eso no te interesa, ella esta bien y te aseguro que se encuentra en un lugar que siempre soñó"

- "¡Muy interesante!! Pero tienes razón no me interesa saberlo, bueno me despido siempre ha sido un placer saludarte"

- "Lo mismo digo... ¡mi amor!!"

Y con esa frase se despidió de él, dejándolo sin palabras.

Al llegar a casa me entró la tristeza, Irinea tenia razón al decir que era un tiempo de nostalgia para todos... los recuerdos de mi niñez pasaban como flash por mi mente, los regaños y consejos de mi padres, su sonrisa y sus palabras se escuchaban en mis oídos como si él siguiera allí, esperando por mí. Una lágrima rodó por mis mejillas, el anhelo de encontrarme con mi padre seguía vivo en mí y la resignación peleaba con la razón cada segundo desde el día que él partió.

- "¡Susana!! Hija que alegría verte"

- "¡Hola mamá como has estado!"

Me dio un abrazo fuerte y muy largo, las dos lo necesitábamos...ella se sentía sola y yo también, ella había perdido su compañero de muchos años y yo había perdido un amor.

- "Hija te ves muy demacrada, ¿has estado enferma?"

No quise hablar de mis desconsuelos, preferí callar por un momento y dejar que ella me hablará de su sentir.

- "Si estuve un poco enferma, pero ya me siento mejor…ahora dime como estas tú, que haces en tú tiempo libre, cuéntame quiero saber si ya tienes alguna actividad que te mantenga ocupada"
-"Entre de voluntaria en la iglesia tres días a la semana, otro día me voy al té y clases de Biblia, eso me gusta mucho ya que mi vida espiritual me ha dado las fuerzas para salir adelante; amar la vida y esperar sin miedo la muerte"

Al escuchar a mi madre me daba cuenta lo tranquila que se veía, su voz no se escuchaba tan triste, si no resignada.

- Dime hija como te va en tu matrimonio, ¿Antonio te trata bien, es un buen hombre?"
- "Mamá tengo algo que decirte"
- "¿Que pasa, porqué lloras?"
- "Antonio murió"

Se quedo en silencio, no sabia que decirme ó consolarme, para ella era demasiado fuerte ver que una hija llevará el mismo dolor en su corazón que ella, sus palabras fueron el mayor consuelo que yo jamás hubiese esperado escuchar en ninguna otra persona, palabras que llevan consigo verdad y esperanza.

- "Hija, no voy a darte el consuelo que necesitas porqué sé que eso es lo que menos quieres escuchar, pero si te voy a decir como salir adelante"
- "Te escuchó mamá y créeme que a eso he venido"
- "La vida es así, un día estamos, mañana quizá no…amores vienen, se quedan por un tiempo y luego se marchan, solo uno puede quedarse hasta que la muerte así lo decida. Debemos dar gracias a Dios por habernos regalado ese hermoso sentimiento que es el AMOR, no ser egoístas cuando tiene que irse, darle ese

adiós con una sonrisa y recordar todos esos hermosos recuerdos que alguna vez nos hicieron feliz.

No busques otro amor si no has dejado el anterior, espera un tiempo y veras que ese mismo tiempo te traerá la felicidad a tú alma, la esperanza no muere, la esperanza vive en ti y es ella que va de la mano junto con el amor"

Sus palabras fueron el mejor reconforté para mi tristeza, jamás había escuchado hablar así a mi madre o quizá jamás me había sentado a escuchar sus palabras con detenimiento. Mis años de adolescencia los empleé en compañías equivocadas, de las cuales no saqué ningún beneficio, tan solo aprendí que la vida es más que una simple fiesta o un trago de vino, la vida es vivirla en armonía y disfrutar cada segundo de lo que ella nos ofrece, siempre pensando que Dios es el dador de esa vida, la cual debemos de respetar y amar hasta el final.

Le agradecí a mi madre por esas palabras de consuelo y de sus consejos, aprendí que el amor no se acaba ahí, el amor se encuentra en cada rincón de este mundo, solo es cuestión de buscarlo y reconocer cuando se encuentra frente a uno. El amor no muere con él que se fue, el amor sigue en cada recuerdo que esa persona te dejo en vida, el amor siempre brillará, mientras la esperanza viva.

- "Mamá no solamente he venido a verte y a pasar estos días contigo, sino también para decirte que me voy de viaje, quiero sentir otros aires, conocer otros lugares y dejar atrás esta tristeza"

-"Me parece muy buena decisión hija, siempre es bueno salir y despejar la mente, quizá a donde vas encontrarás un nuevo amor"

- "No creo estar lista par enamorarme de nuevo, eso se lo dejaré al tiempo"

- "¿Ya sabes a donde iras?-

-"Talvez a Europa, siempre he querido conocer Italia, ¿recuerdas que desde pequeña soñaba con ir allá?"

-"Si lo recuerdo, eras una niña muy soñadora igual que tú padre, ¡siempre fuiste su consentida!!"

Las dos reímos y después de eso me despedí con un abrazo y un beso, no sabiendo si algún día volvería a verla o no...la maldición que la familia de Antonio me había heredado me perseguía por doquier y no importaba si me iba hasta el fin del mundo, tarde o temprano regresaría; esas palabras me las repitió muchas veces.

Al alejarme de esa casa que me vio crecer y al ver a esa mujer que me dio todo su amor el corazón sintió un dolor del cual no pudo describir. Mi madre se quedaba de nuevo sola y ella al igual que yo viviría con el recuerdo de haber perdido al hombre que tanto amó.

Al llegar a la cabaña y con una decisión ya tomada entre rápidamente, pero cual fue mi sorpresa que Fernando ya no se encontraba ahí, ¡se había marchado y sin mí!

Me quedé parada contemplando el sol ocultarse, no podía llorar más, no quería llorar más, había sido mi culpa y tenia que aceptar su partida.

- "¡Pensé que no vendrías!"
- "¡Fernando!! ¡Estas aquí!!"

Corrí abrazarlo, fue un impulso que no logré contener, algo empezaba a nacer por él, pero no sabia como explicarlo.

- "Has llegado a una decisión, pues si no es así tendrás que hacerlo ya, pues el vuelo sale en meno de tres horas"
- "¡Si, me voy contigo!"

Se iluminaron sus ojos y solo sonrío.

- "Entonces apresúrate que yo terminaré de dejar todo esto en orden"

Era un hombre sumamente ordenado y limpio, la casa era pequeña, pero él la hacia ver una mansión.

Entre al cuarto y deje la puerta entre abierta, mientras buscaba mis pocas cosas que tenia guardadas en el armario, escuché una voz ya conocida... ¡Irinea había llegado!!

- "¿Que haces aquí?"

- "Parece que te ibas sin despedirte, creí que éramos amigos y que te tomarías la molestia en hablarme"
- "Ya nos habíamos despedido, ¿recuerdas?"
- "Lo olvidé, he venido a preguntarte una vez más si has cambiado de parecer respecto a lo que hablamos, si tú me lo pides ahora mismo me voy contigo!"

Irinea había revelado sus verdaderos sentimientos a Fernando, no había duda ella estaba enamorada de él, eso me asustaba pues Cassandra luchó por llevarse Antonio y finalmente lo hizo. Esperé ansiosa su respuesta, quería saber si Fernando sentía lo mismo por ella.

- "Irinea no puedo ser más honesto contigo que lo que ya eh sido, tú sabes que no soy de los hombres que engañan solo por tener a una mujer, no puedo negar que eres hermosa y muy atractiva pero no eres la mujer que yo buscó, te quiero y te respeto como parte de mi familia, pero eso es todo"

Sentí un gusto al haber escuchado esas palabras, era como si una pequeña lucecita se encendía dentro de mí.

- "Yo esperaré el día que cambies de parecer y te aseguro que volverás a mí con otra forma de pensar, ahora que me he quedado sola en esa casa, creo que empiezo a extrañar a cada uno de los que ya se han ido. Antonio y Luna fueron para mí como unos hijos, lástima que su felicidad les duró muy poco, Cassandra me dejo sola y se fue sin despedirse como lo haces tú ahora, aunque sé que regresará, no le perdono el que se haya ido así; y por otro lado la muerte repentina de Susan dejo a todos muy desconcertados, aunque para mí nunca fue alguien importante"
- "Siempre terminando tus comentarios con frases tan despectivas"

Ignoró sus palabras y en tono burlón se despidió con una sonrisa cínica.

- "¡Que tengas buen viaje querido!!"

Deje que pasaran unos minutos, pues no quería arriesgarme que Irinea supiera que estaba viva, eso acabaría con todos mis planes.

- "¡Susana tenemos que salir de inmediato! Irinea se esta mostrando muy insistente últimamente, será mejor que nos apresuremos"

Fernando no quiso decir que en realidad la tía tenía un especial interés en él, pero también sabía que si ella descubría mi presencia, todo podía pasar.

- "¿Adónde iremos?"-pregunte
"Por lo pronto iremos a un lugar precioso que te encantará, ¡Tascan!!"
- "¡Italia?!!! No lo puedo creer, siempre ha sido mi sueño conocer ese lugar...gracias"
Dejamos todo en orden y nos cercioramos que nadie notara nuestra partida, siempre me imaginaba que Irinea podía ver más allá de la distancia... solo espero que sea imaginación mía.
No me equivocaba, pues valiéndose de su magia negra pudo saber que me encontraba con vida.
- "Así que me has mentido Fernando, ¿pensabas que era demasiada tonta como para no sospechar de tú repentino viaje? ¡Y solo!! Tú y esa intrusa pagarán muy caro la osadía de haberme engañado"

La tía Irinea había utilizado su magia negra para saber a donde y con quien se había ido Fernando y al ver quien era su acompañante su odio creció aún más.
Irinea se había quedado sola en esa mansión, parecía que todos la habían abandonado, pero ella aprovechaba esa soledad para planear su última estrategia para hacer que todos volvieran a estar bajo sus dominios.

- "Fernando este lugar es verdaderamente hermoso, la tranquilidad que se respira aquí hace que las preocupaciones y las tristezas se olviden"
- "Precisamente por eso te traje aquí, pensando como pagar el gran error de haberte puesto en un ataúd, me horrorizo nada mas de pensar que estuve a punto de enterrarte...perdóname Susana"
- "No tengo nada que perdonarte, si tengo que culpar a alguien pues culpemos al doctor que dictaminó las causas de mi supuesta muerte...así ya no te sentirás con culpa!!"

Reímos mientras disfrutábamos una copa de vino tinto, unos panecillos y un queso ¡delicioso!! Mientras contemplábamos el atardecer que daba un toque mágico al momento.

Pasaron los días y paseábamos por cada rincón de ese lugar, visitando sus museos, sus restaurante, sus casas antiguas, sus calles empedradas y sus jardines colgantes, respirando aquella frescura de sus valles y esas flores que adornaban cada balcón con sus colores.

Todo era perfecto, me sentía tan consentida por él que a veces me intimidaba tanta atención, pero Fernando se complacía en atenderme cada segundo.

En todo el tiempo que estuvimos juntos en ese lugar, él nunca toco el tema de sus sentimientos, pero si de algo estaba segura, él no estaba interesado en Irinea.

Me hice a la idea que solo quería protegerme de la maldad de esa mujer y la culpa que lo obligaba a sentirse cada vez más comprometido hacia mí.

Eso era lo mejor, pues no estaba lista para empezar una relación sentimental y menos si esa persona estaría en peligro por mi culpa.

Al llegar a la recepción del hotel, le entregaron una carta a Fernando, lo cual nos sorprendió mucho pues se suponía que nadie sabia donde nos encontrábamos.

- "¿Quien te ha escrito una carta? ¿Y como se enteraron que aquí te encontrabas?"

El miedo se hizo presente y los nervios de saber de que se trataba estaban acabando con mi paciencia.

"¡Por favor ábrela!!"

Fernando también se sorprendió pues no tenia idea de quien le había mandado dicha carta
La cual decía así;
"Fernando:
Tienes que venir urgentemente tú hermano sufrió un accidente y se encuentra hospitalizado. Lamento que tengas que suspender tus vacaciones, pero las condiciones en las que se encuentra Julián son críticas.
El accidente ocurrió el día de ayer cuando regresaba él y Sofía de su paseo, tristemente Sofía perdió la vida.
Sé que te preguntaras como supe donde encontrarte, simplemente te encontré y eso es lo que cuenta.
Espero y llegues antes que sea demasiado tarde.
Irinea"

Fernando se quedo sin habla por unos momentos, no sabia como reaccionar ante tal noticia, solo pensar que ahora su hermano se encontraba entre la vida y la muerte lo hacia más profunda la herida; ahora tenia que darme la noticia de que mi única amiga había muerto, después de todo lo que había hecho para sacarme de la tristeza que sufría y ahora otra más no podría soportar.

- "¡Lo sabia!! ¿Algo terrible ha pasado verdad?"
- "Es carta de Irinea y dice que mi hermano esta grave en el hospital, parece que él y Sofía sufrieron un accidente"

Su voz era cortante y temblorosa, sus ojos se llenaban de lágrimas más se mostró fuerte frente de mí, sin embargo termino de leer la carta y no pude evitar ponerme a llorar.

- "¡No lo puedo creer que Sofía este muerta!! Esto es demasiado para mí, cuando dejara la muerte de seguirme, ¡cuando nos dejara en paz!!"

Nos abrazamos fuerte, pues en ese momento los dos necesitábamos consuelo.

- "Tenemos que volver, no quiero llegar y encontrarme con la noticia de que ya se ha ido…no quiero que mi hermano también muera"
- "No morirá ya lo veras, tenemos que tener fe"

Esa misma tarde tomamos el vuelo de regreso, al acercarnos a esa casa se me vinieron recuerdos de los cuales pocos fueron felices, el resto fueron solo dolor, tristeza y soledad.

Ahora volvíamos a ella, la maldición había hecho su trabajo en traernos de nuevo a ella y esta vez tendría no saldría hasta haber conseguido mi libertad.

Matilde salio a recibirnos y con un semblante de tristeza nos dijo que la Sra. se encontraba en el hospital arreglando los preparativos para el funeral.

- "¿Cual funeral y de quien?"
- "De la Sra. Sofía"

Por un momento había olvidado o quise creer que nadie había muerto, que estaría viva como lo estuve yo, no me dio tiempo de decirle la verdad, nunca me dijo quien era su familia, así que me supongo que no habrá más familiares que nosotros.

- "¿Como esta mi hermano?"
- "Lo único que puedo decirle es que se encuentra en el hospital muy grave, la Sra. Irinea dice que no piensa que se salvará"
"¡Iremos de inmediato!!"

Nos subimos al auto y nos dirigimos con prisa hasta el hospital, en el cual se encontraba Irinea hablando con el doctor.

- "Fernando que bueno que llegaste, en este preciso momento el doctor me informaba de la condición en que se encuentra Julián"

La amabilidad de Irinea no era de confiar, su voz era demasiado dulce, una característica no muy usual en ella.

- "Dígame doctor como se encuentra mi hermano"
- "Su hermano ha entrado en coma, estamos haciendo todo lo posible por hacerlo volver, pero cuando la persona entra en cierto transe lo único que nos queda es esperar, él tendrá que permanecer aquí para tenerlo en observación"

Fernando se quedo sin palabras, mientras el doctor se alejaba Irinea no perdió el tiempo y se acerco a él para darle consuelo, más Fernando no permitió su abrazo, se alejo y nos dejo solas a las dos.

- "Así que la muerte no te acepto y decidió devolverte...que interesante"
- "Ya vez, Dios no lo quiso así"
- "Lamento que dicha "SUERTE" no te vaya durar mucho tiempo, a veces el destino es más fuerte que todo y ante el nadie puede hacer nada"
- "Tú lo haz dicho, el destino se encargará de pagar las cuentas que llevemos pendientes y me imagino que tú ya debes muchas"

A esas alturas de mi vida ya no me importaba declararle la guerra, ahora solo me importaba hacerle pagar todas sus maldades.

- "Hay una cosa que quiero que sepas, ¡Fernando me interesa y ni tú ni nadie me robará su amor!"
- "De que amor hablas, si tú no sabes que significa ese sentimiento, además no creo que seas el tipo de mujer para él, estas muy lejos de ser la mujer ideal para cualquier hombre, además como podría robarte un "amor" que nunca has tenido"

Esas palabras le dolieron bastante, pero como siempre disimulo su descontento.

- "Que triste ver como te vas quedando sola últimamente, las personas que querías se han ido muriendo una por una...que pena"
- "Si hablamos de soledad, será mejor que te vayas acostumbrando a ella, pues muy pronto serán las mejores compañeras, además o me gusta tu comentario así que es mejor que guardes tus palabras para otra ocasión"

En eso Fernando se acercaba y dirigiéndose a las dos nos dijo:
- "Susana acompáñame a ver a mi hermano por favor, Irinea te agradezco el haberme avisado, no te preocupes yo cuidaré de él, puedes irte a descansar"
- "Como quieras, pero si necesitas algo solo avísame y recuerden que pueden dudarse en mi casa"

Ahora ella se sentía dueña absoluta de todo lo que Antonio había dejado, el cual solo me había heredado recuerdos llenos de tristeza y dolor, sin mencionar lo más grande...una maldición.
- "Si no te sientes a gusto en volver a quedarte en esa casa, podemos quedarnos en el hotel que esta aquí cerca"
- "No te preocupes será mejor tener cerca al enemigo, para así estar preparado para cualquier cosa"
- "Siento que lo que les ha pasado a mis dos hermanos, junto con Antonio y Sofía no ha sido parte de la casualidad, sus muertes deben tener una explicación y no descansaré hasta encontrar la respuesta"
- "Para terminar con esta pesadilla y con tantas muertes solo existe una solución"
- "¡Dime cual es y la encontraremos!!"
- "No puedo hablar ahora hasta que piense muy bien en lo que voy hacer"
- "Por favor Susana creo tener derecho en saber y participar de ese plan, mi hermana murió, y mi hermano se encuentra en un sueño profundo del cual no se si algún día despertará"

- "Entonces vayamos a un lugar tranquilo y donde nadie nos pueda escuchar"

Rentamos por esa noche un cuarto en el hotel que quedaba cerca del hospital, ordenamos cena y unas bebidas, necesitábamos calmar los nervios y la angustia que ahora sentíamos.

- "Ahora dime cual es ese plan que dices tener"
- "¿Recuerda que una vez te comenté que dentro de aquel laberinto del cual me rescataste existe escondido un libro?"
- "Lo que recuerdo, pensabas que ese famoso libro se encuentra escondido allí, más no estabas segura, ¿como puedes estarlo ahora?"
- "En el transe que tuve cuando pensabas que estaba muerta, Antonio me confirmó mis sospechas, diciéndome que volviera a ese laberinto y ahí lo encontraría"
- "Tú misma me dijiste que no había sido Antonio quien te había llevado hasta ahí, sino Cassandra!! ¿No crees que solo fue otra mentira para que cayeras en alguna trampa?"
- "Puede que tengas razón, pero algo me dice que también pudo haberlo inventado para que desistiera de mi idea y confundirme al mismo tiempo"
- "Tiene lógica lo que dices, pero aún sigo pensando que es muy peligroso volver a ese lugar y que no se encuentre ese libro escondido ahí y quedemos atrapados los dos"
- "Es un riesgo que prefiero correr, que vivir para siempre bajo una maldición que no me pertenece y estar esperando la muerte en cualquier momento"
-"¡Entonces cuenta conmigo, ese riesgo lo tomaremos juntos!!"

Esa noche se hicieron presentes diferentes clases de cariños que ya había perdido, como la protección de mi padre, un amor y la amistad de una amiga especial...no quería ver esa tristeza reflejada en el rostro de Fernando, pues ya sabia el dolor de haber perdido un ser querido, ahora no podía perder también a su hermano.

Nos levantamos muy temprano y llegamos al hospital con la esperanza de escuchar una buena noticia con respecto al mejoramiento de Julián…pero no hubo palabras de aliento, todo seguía igual.

"El cuerpo de Sofía Duarte ha sido entregado a la funeraria, ellos les darán la información que necesitan saber, ahora les recomiendo que no se preocupen, en cuanto Julián presente una señal de recuperación les hablaré inmediatamente"
- "Gracias doctor estaremos pendiente de su llamada"

Nos encaminamos hacia la funeraria, ya todo había sido ordenado, flores, el ataúd escogido y hasta el lugar que iba ser enterrada, todo había sido pagado por Irinea.

- "Porqué crees que ella haya hecho todos estos gastos, Sofía no era nada de ella y no creo que le tenia ningún aprecio, esto si que es muy extraño"
- "Talvez le llegó a tener afecto"
- "Lo dudo mucho, pero se le agradece que haya tenido una muestra de simpatía por su muerte"
- "¡Buenos días, parece que han venido a darle su último adiós a su amiga!!"
- "No debiste haberte encargado de todos los gastos, esa era mi obligación puesto que Julián es mi hermano y de una forma u otra él es el único responsable de su muerte"
- "Como puedes culpar a tu hermano, sabiendo que se encuentra luchando por su propia vida…además tengo entendido que Sofía venia muy tomada, lo cual puede ser que ella haya ocasionado el accidente"
- "¿Tú como sabes que ella venia ebria?"
- "Porque le hicieron la autopsia y salio un alto índice de alcohol en la sangre, como pueden ver no todos aparentamos lo que somos"
- "¿Eso me queda muy claro!!"
- "Esta tarde será su entierro, espero estén presentes ya que Sofía no tenia familia"
- "Como lo sabes, ella era mi amiga no tuya"
- "Te equivocas, Sofía nunca te conoció ella misma me lo dijo"

- "Algo le debiste haber dado para que sus recuerdos se hayan borrado de su memoria y me atrevo asegurar que talvez tú tuviste algo que ver con ese horrible accidente"
- "Me dan risa tus comentarios"
- "¡Ya es suficiente de palabrerías!! No es el momento de discutir, será mejor darle su último adiós como la amiga que fue para todos"
- "Tienes razón Fernando, ya llegará el momento de aclarar muchas cosas, pero aún no es el momento"

El funeral y su entierro fue algo muy rápido, unos pasajes de la Biblia, unas flores y un adiós…tres personas con distintos pensamientos nos encontrábamos ahí…Irinea fingiendo un cariño que nunca existió, Fernando lloraba por dentro pues recordaba a su hermana, yo recordaba a la amiga que me brindo su amistad sincera.

Irinea nos hizo una invitación un poco extraña pero la aceptamos, sus atenciones últimamente eran demasiado cordiales para ser verdad, algo me decía que ya tenia un plan en mente y en cualquier momento nos clavaría un cuchillo por la espalda.

- "¡La cena estuvo muy rica!! Gracias por la invitación"
Fernando se caracterizaba por ser un hombre atento y agradecido, nunca dejaba pasar algo sin antes expresar palabras que hacían sentir bien a los demás.
Quizá esa atención había sido la causa de que Irinea se haya enamorado de él y lo entiendo.
- "Me supongo que se quedarán a dormir, sus recamaras ya están preparadas"
- "No debiste haberte molestado, Susana es la que decide si se quiere quedar"
- "Por mí no hay problema, al fin que parte de esta casa me pertenece, pues Antonio fue mi marido, aunque se haya inventado la farsa de un matrimonio falso entre Luna y él"
- "A que viene ese comentario precisamente ahora que tratamos de pasar un momento traquidos"

- "Lo siento pero no puedo evitar decir lo que siento"

Me levante y subí a lo que una vez fue mi recamará, la cual seguía intacta desde el último día que estuve ahí.

Fernando se había quedado a terminar su copa de vino, Irinea se la había llenado más de lo normal, con la única intención de pasar el mayor tiempo a solas con él. Estaba cansada y demasiado triste por todas las cosas que habían pasado en tan corto tiempo.

No podía dejar que la depresión llegará para quedarse, eso sería un obstáculo para llevar mis planes a cabo, necesitaba tener mi mente clara y la sangre fría para no temer al mal que estaba a punto enfrentar.

Después de unas horas escuche pasos que se aproximaban por el pasillo, una puerta que se abría y otra que se cerraba, unas buenas noches y todo quedo de nuevo en silencio.

De repente escuche que alguien tocaba mi puerta, me levante de un salto y me acerque con cuidado, ¿quien se encontraba tras de ella y que buscaban en mi recamará a esas horas de la noche?

- "Susana, soy yo ábreme la puerta necesito decirte algo"
- "¡Que pasa! ¡Tiene que hacer algo muy importante para que te arriesgues a venir hasta aquí sin ser visto por esa mujer!"
- "Si lo es, pero lo que tengo que decirte no puede esperar a mañana"
- "¡De que se trata! Que es lo que tienes que decirme"
-"Irinea menciono algo interesante después que tú te viniste acostar, ella dijo que estaba dispuesta a renunciar a todo, hasta del mismo secreto que la unía a esta casa"
- "¿Que es lo que tanto quiere? Como para renunciar a ese "misterioso" secreto del que habla"
- "Ella me dijo que existe un secreto que puede volver a ciertas personas a la vida, pero solo podemos elegir a una"
- "¡Eso va en contra de las normas de Dios y yo no estoy de acuerdo en utilizar la magia negra! Y que es lo que le daremos a cambio para que ella deje de ser una hechicera"

Se quede en silencio como no queriendo repetir lo Irinea le había pedido.

- "¡Por favor dímelo!! ¡Que quiere cambio!"
-"Ella me quiere a mi"
- "Lo sabia…sabia que no descansaría hasta conseguir tú amor"
-"¡No es mi amor! ¡Ella sabe que no siento nada por ella y nunca llegaré a quererla!!"
- "¡Entonces por qué sacrificarte!!"
-"Lo hago por ti, si para verte feliz de nuevo consiste en hacer volver Antonio… lo haré por ti"

No podía creer lo que escuchaba, Fernando estaba dispuesto a entregar su libertad y su amor por mí.

- "¿Dime porqué quieres hacer eso? ¿Por qué haz elegido Antonio y no a tú hermana Luna?"
- "Por qué yo aprendí a resignarme por su muerte y tú aún sigues anhelando su presencia"

No pude evitarlo y me acerque a él para darle un abrazo de gratitud y amor.
- "No permitiré que renuncies a tu libertad, al derecho de ser feliz nadie te lo puede arrebatar, sería egoísta de mi parte si permitiera algo tan injusto"
- "¿Quieres decir que no te importa tener de nuevo Antonio?"
- "¡Estamos hablando de algo imposible que solo Dios puede hacer!! Si esa bruja pretende hacer algo así, no será por ella misma, si no obra del mal. A lo que se refiere Antonio ya me eh despedido de él, su recuerdo vivirá por siempre en mi corazón"

Fue un momento emotivo entre los dos, él me demostró su amor por mí y yo acepte ese cariño.
A la mañana siguiente nos dimos cuenta que Irinea había salido, entonces aprovechamos para ir en busca del libro. Llegamos

al laberinto y esta vez nos fue fácil llegar hasta el centro del mismo con total facilidad, pues Fernando aún recordaba el camino desde el día que estuve encerrada en él.

- "¿Estas lista para bajar? Recuerda que no tenemos mucho tiempo, en cualquier momento puede llegar Irinea y nos buscará"
- "Cassandra mencionó que hay cuatro túneles y que en uno de ellos se encuentra el libro, pero si elegimos el incorrecto quedaremos atrapados para nunca más salir...¿estas seguro que quieres correr el riesgo?"
- "No podría dejarte sola, además si me dieran a elegir ahora mismo entre morir contigo o quedarme con Irinea, mi respuesta ya la conoces"

Bajamos las escaleras, encendimos la antorcha e ilumino exactamente cuatro entradas, buscamos una señal que nos indicara cual elegir...los nervios cada vez se hacia mas tensos, no sabíamos por cual entrar, de esa elección dependía nuestra vida.

- "Antes de entrar quiero decirte que no siento miedo de entrar pues se que estaremos juntos. Tú compañía me dará las fuerzas para soportar cualquier cosa que se me presente, después de todo... que más podría pasarme... ¿morir?"
- "Moriremos juntos"
Con un beso sellamos el principio de un amor o quizá el final de un sentimiento que nunca se dio.
Echamos suertes para elegir uno de los túneles y la suerte cayó en el tercero, con un respiro profundo entramos en el. Caminamos por lo menos diez a quince minutos, las paredes se sentían húmedas y frías, poco a poco empezamos a necesitar el aire, empecé a toser sin parar mientras que Fernando me daba un poco de agua, no había lugar para descansar, así respire de nuevo y seguimos caminando hasta toparnos con una pequeña puerta "negra"... ¡como es posible que sea la misma!

- "¡Fernando esta puerta la he visto en mis sueños!!¡Es la misma, creo que adivinamos el túnel correcto!!"

Abrimos la puerta con fuerza y se abrió haciendo un ruido tenebroso, entramos y era un cuarto pequeñito, había una cama y una silla colocada en el centro del cuarto a lo que nos pareció demasiado extraño, ¡donde se encontraba el libro!!

"Este es el cuarto que Cassandra me describió, ella me dijo que abajo de la cama se encontraría el libro… ¡vamos ayúdame a moverla!"

Parecía que la cama estaba pegada a las piedras frías del piso, pues por más que tratábamos no pudimos moverla.

- "Quitemos todo lo que tiene encima y tratemos de quebrarla"

Así lo hicimos y poco a poco la desarmamos, dejando al descubierto una pequeña caja roja, con un listón negro que lo envolvía como un regalo.

"¡Abre la caja!! ¡Y veamos si ahí se encuentra el libro!"

¡Efectivamente ahí se encontraba!! Era un libro de piel negro, con una serpiente que se entrelazaba en árbol, sus ojos eran dos rubís que brillaban en la oscuridad…realmente nos impresionó.

- "Matilde donde se encuentra Fernando y Susana, ¿ya han bajado a desayunar?"
- "No Sra. ellos salieron muy temprano, talvez fueron al hospital"
- "Vengo de ahí y no me los encontré…muy interesante"

Irinea era una mujer demasiado perspicaz y no tardaba en descubrir lo que estaba pasando a su alrededor.

Rápidamente se encerró en su habitación y uso su magia para tratar de saber donde nos encontrábamos y que hacíamos, lo cual fracaso pues estábamos bajo tierra y la oscuridad le impedía ver más allá.

"Maldita sea, ¡donde se han metido esos dos!!"

Bajo de inmediato y se encamino hacia el establo, contó uno por uno los caballos y se dio cuenta que ninguno faltaba, se quedo pensativa tratando recordar algunos otros lugares que nos gustaba visitar…pero nada venia a su mente, eso la irritaba cada vez más. Mientras tanto Fernando me pidió que abriera el libro, lo cual lo hice temblorosamente. Sus hojas empolvadas y amarillentas ya habían casi borrados algunas letras, lo que hacia difícil descifrar su contenido.

- "¡Escucha lo que dice aquí!:

**"En otros libros tú eres quien lees,
Pero en MI LIBRO seré yo quien te lea a ti"**

"¿Que querrá decir esas palabras? ¿Será que no sabremos reconocer el secreto que se encuentra guardado en él?"

Cuanto mas leíamos, menos le entendíamos a sus palabras; eran demasiado confusas y al mismo tiempo parecía que iban dirigidas a nosotros; a nuestro pasado, a nuestro presente. Ahora empiezo a entender que conforme vayamos leyendo ira revelando el futuro que nos lleva a nuestro propio destino.

De repente mis ojos captaron la atención en otra frase extraña, pues hablaba de la belleza; la esperanza y la muerte; la frase decía así:

**"La belleza puede ser un arma de dos filos.
Puede robar los corazones de muchos, pero también puede matar sin piedad.
La esperanza es la luz del mundo que te ayuda a sobrepasar tempestades y tener la seguridad que lo que esperas llegará.
La muerte es un personaje sin alma ni corazón, no tiene sentimientos ni remordimientos; solo llega, toma su presa sin preguntar"**

- "¿No te parece que la belleza de Cassandra esta descrita en esta frase?"
- "Si, pero también creo que la segunda frase te describe a ti"
- "¿Te refieres a la esperanza? ¿De verdad crees que existe una luz al final de este túnel?"
- "¿Lo crees tú?"
- "¡Ahora creo que todo es posible!"
- "Entonces que significará, ¿la muerte?"
- "¡Creo que habla de Irinea! ¡Ella es la muerte y nosotros sus presas!" las palabras eran misteriosas pero verdaderas a la vez.
- "¡Pero donde dirá el secreto de su destrucción!! Tiene que decir en alguna parte"

De repente se escucharon pasos un poco lejanos, pero se dirigían hacia donde nosotros nos encontrábamos, no podía ser nadie sino la propia Irinea... ¡nos había descubierto!!

- "¡Tengo miedo, ella nos ha encontrado y viene hacia acá!"
- "¡Sigamos leyendo pronto! No hay tiempo que perder"

Dimos vuelta a la hoja y una palabra atrajo nuestra atención:

"El fin de todos tus días están contados"

¿"De que fin se refiere?"

...Cuando el sol y la luna se junten y sean uno solo y todo el firmamento se oscurezca; entonces sabrás que la hora de tu despedida ha llegado. Tus años de juventud robados se te serán quitados, por no haber logrado conocer el amor y el odio fue tú morada; entonces morirás y a cenizas te convertirás.
Tus cabellos se tornarán blancos como la nieve, tus mejillas perderán su color y tus manos que nunca dieron un cariño, una muestra de afecto, no tendrán más la suavidad de la seda. Mujer ingrata, se te dio la oportunidad de rectificar tus faltas, más sin embargo tus pensamientos eran de continuo al mal; destruiste

sin piedad, odiaste sin razón, pero ahora todo se te devolverá...
tú ruina ha llegado, cuando tu boca imploré palabras de
amor... entonces ¡morirás!!

Al terminar de leer esas fuertes palabras, la puerta se abrió como si un fuerte viento la haya azotado; sus cabellos rubios y revueltos, sus ojos lanzaban destellos de odio y en su mano llevaba una estaca, llevaba un vestido negro de terciopelo, con un lazo dorado, su boca roja como el carmesí y un collar de piedras preciosas...realmente parecía la diosa reencarnada en esa mujer, IRINEA!!

- "Creo que su atrevimiento ha llegado demasiado lejos, éste lugar se mantenido cerrados por ciento de años y nunca nadie había llegado hasta aquí, lo cierto es que mi paciencia tiene un límite y no perdonaré tú osadía ¡SUSANA!!"
Se lanzo sobre mi sosteniendo en su mano una daga con forma de serpiente, me quede estupefacta pues el miedo me paralizo por un segundo y sintiendo que la muerte se acercaba a mi que hasta sentí el frío congelante de su reparación.

- "¡No te atrevas a lastimarla!!"

Fernando una vez más ofrecía mi vida por la mía, Irinea no se tentará el corazón para matarlo y eso jamás me lo perdonaré.

- "La pelea no es contigo y tú bien lo sabes, Susana siempre fue una intrusa quien se cruzó en mi camino, las cosas hubiesen sido más fáciles para todos si ella no hubiera aparecido. Antonio hacia lo que yo quería y nunca cuestionaba mis ordenes, pero se enamoró de ti y nunca volvió a ser el mismo; por eso le di a beber algo para que su memoria dejará de guardar recuerdos absurdos, así fue como se olvido de que existías"
-"¡Eres una bruja!! ¡Como pudiste destruir a tú propia sangre!!"
- "Para mí la sangre tiene otro uso, los lazos familiares no me interesan; nunca lo fue puesto que mi madre siempre hizo

preferencia entre sus hijas, como podía querer al hijo de la mujer que tantas cosas me robó"

De repente se quedo viendo el libro que cargaba en mis manos y se dio cuenta que su fin estaba por llegar.

"Irinea por favor déjanos ir, tú puedes rehacer tú vida cambiar y ser otra mujer"

Su voz se volvió suave y serena como si otra mujer hubiese tomado posesión de su cuerpo y sus ojos se fijaron en él.

- "Lo único que necesito es tu amor, tú has sido el único hombre que eh amado en verdad, no sabría como vivir una vida sin ti...ahora soy yo quien te implora un poco de tú amor, quiéreme un poco y seré por ti todo lo que anhelas en una mujer, por ti cambiaré y dejaré mi rencor a un lado... ¡por tú amor soy capaz de todo!!"

Al terminar de pronunciar esas palabras de imploración por el amor de Fernando, las palabras de destrucción empezaron hacer efecto...sus cabellos, su rostro, sus manos y su cuerpo fueron cambiando lentamente, después de haber sido una mujer bella y joven, se iba convirtiendo en una anciana de grande edad. Por más que trataba de cubrirse, ya era demasiado tarde, la juventud la había abandonado.

"Váyanse, cierren esa puerta y asegúrense que no pueda salir jamás de aquí".

- "Irinea no puedes terminar tus días encerrada en esta mazmorra, sería inhumano que te abandonemos a tu ¡suerte!" – A pesar de todo sentíamos compasión por ella y al verla de esa manera olvidamos por un momento la maldad a la que ella había servido toda su vida.

Continúo hablando aunque su voz ya no tenia la fuerza ni la altivez que la caracterizaba.

- "Suerte es la que necesité para conquistar tú amor, pero no me escuchó, se apartó de mí matando mi único sentimiento que había nacido en mi negro corazón"

La dejamos sentada en un rincón llorando lágrimas amargas que al rodar por su rostro ya marchito, se secaban al instante. Salimos de ese fúnebre lugar dejando en él a una mujer maldición su destino, aborreciéndose así misma por haber elegido el camino fácil lleno de poder y ambición, pero que nunca tuvo la oportunidad de amar y ser amada.

No era de noche aún pero todo estaba en tinieblas, la luna abrazaba al sol como si fueran dos novios que se amarán en la distancia y que solo se les da una oportunidad en cien años de estar juntos.

Entonces recordamos lo que ese libro había revelado… **"Cuando el sol y la luna se junten y sean uno solo, y todo el firmamento se oscurezca entonces sabrás que la hora de tu despedida ha llegado…"**

- "Siento pena por Irinea, pues ella nunca se imagino terminar sus días en un lugar como ese, quizá eso lo acepte, pero no el verse convertida en una anciana; después de haber sido la más ¡hermosa!"
- "Tienes razón Susana, eso no lo puedo imaginar y menos que haya sido ella misma la que quiso quedarse enterrada en vida"
- "Será mejor que entremos a la casa, creo que mi peor pesadilla ha llegado a su final"
- "Me alegro que sientas alivio y tranquilidad…Susana talvez no sea el momento de hablar de esto, pero que te parece si reanudamos nuestro viaje a Italia"

Fernando me entrego su amistad incondicional, su ayuda y su protección, cosas que Antonio no supo, ni tuvo la oportunidad de brindarme.

- "¡Claro que sí, por mí salimos mañana mismo!"

Entramos a la casa y todo parecía diferente hasta Matilde nos abrió la puerta con una sonrisa en su rostro.

- "Sr. Fernando que bueno que llego, hablaron del hospital para decir que su hermano Julián ha despertado del coma"
    - "Parece que las buenas noticias empiezan a llover, vamos de inmediato al hospital me muero por darle un abrazo de ¡felicidad!"

Hacia mucho tiempo que no habíamos recibido noticias alentadoras, todo había sido tragedias y tristezas, ahora el sol empieza a brillar para todos.

Efectivamente Julián se encontraba fuera de peligro, le dimos un abrazo fuerte demostrándole nuestra alegría por su pronta recuperación, Fernando no podía disimular su felicidad, pues por un momento pensó que perdería también a su único hermano.

- "¿Como te sientes Julián? Recuerdas algo del accidente?"

El doctor había recomendado que le hiciéramos preguntas para saber si todo estaba bien, sin embargo nos sorprendieron bastante sus respuestas.

- "Lo único que recuerdo es que todo se nublo y escuché un grito ensordecedor que hizo que perdiera el sentido… ¿hace cuantos días llevo aquí?"
    - "Tienes una semana exactamente, Julián ¿recuerdas quien venia contigo esa noche?"
    - "Venia solo… ¿por qué?"
    - "No venias tú solo, tu novia Sofía te acompañaba quien lamentablemente murió en el impacto"
    - "¿Quien es Sofía? ¡Por favor necesito saber quien era esa mujer que murió por mi culpa!!"
    - "No te alteres, no te hace bien! Será mejor que descanses, después habrá tiempo de sobra para continuar con esta conversación, ahora iré hablar con el doctor para saber cuando te dará de alta"

Mientras Fernando salía del cuarto, me quede acompañar a Julián quien se esforzaba por recordar lo que había pasado esa noche de la tragedia. No sabría si la pérdida de esos recuerdos había sido obra de Irinea, aunque ya era demasiado tarde para averiguarlo.

- "¡Susana por qué no me acuerdo de nada! Dime quien fue esa mujer en mi vida, ¿tú la conociste?"

Mis ojos se llenaron de lágrimas tan solo de recordar a mi única amiga, mi voz temblorosa no sabia que contestarle, pero él tenía derecho a saber quien había sido Sofía.

- "Sofía era mi mejor amiga, ella era una mujer muy bonita y más aún cuando sonreía, su simpatía hacia que todos voltearan a verla, creo que eso fue lo que te conquistó de ella…se enamoraron a primera vista, eso fue lo que una vez me dijo, te quiso desde que le robaste un beso y después de ahí siempre se les veía juntos como unos novios felizmente enamorados, ¡eran la envidia de muchos!!"
- "¿Traes alguna foto de ella?"
- "Creo que en tú cartera debes traer una, recuerdo que me dijo que te daría una para que siempre la trajeras cerca de ti, me supongo que lo debió haber hecho"

Me pidió que buscará en su cartera y efectivamente ahí se encontraba una foto, los dos estaban abrazados y sonriendo… realmente dos enamorados.

-"¡No entiendo porque no la recuerdo, la veo y no siento nada!! ¡No se si podré vivir con esta culpa!"
- "No te sientas culpable, la vida es así y debemos aceptar que unos se van primero que otros, deja que el tiempo se encargue de devolverte lo que perdiste, por el momento trata de continuar tu vida como todos lo haremos de hoy en adelante"

En eso entro Fernando diciendo que el doctor había dado la orden de salida, todo estaba bien, solo necesitaba reposo y tranquilidad.

- "Creo donde encontrar esa tranquilidad que todos necesitamos. Iremos al lugar que vio nacer a nuestros padres y del que nunca debimos haber salido"
    - "¡Estas hablando de Italia!! ¡De veras volveremos, Fernando?"
    - "¡Claro! Recuerdas que un vez me dijiste que anhelabas con volver a ese lugar, pues ha llegado el día que haremos ese sueño realidad"

Julián no hacia de hacer preguntas, parecía que su cerebro estaba hambriento de información, el espacio que había quedado vacío tenia que ser llenado por cosas nuevas.

- "¿Quienes irán con nosotros? La tía Irinea y Cassandra?"
- "Ellas se han ido y no se cuando volverán, además este es solo un viaje para nosotros tres"
"Te refieres a que Susana nos acompañará, ¿eso es cierto?"
- "Si ustedes me lo permiten iré con mucho gusto, la última vez que estuve ahí hubo algo que quedo pendiente y que quisiera terminar"

Fernando se quedo viéndome con curiosidad más no quiso preguntar nada, sabía que muy pronto lo descubriría por si solo.

Nos despedimos de Matilde quien nos pidió que la dejáramos cuidando la casa, ella se encargaría de mantenerla en las mejores condiciones hasta el día que decidiéramos volver.

Por el momento no quería saber nada de esa mansión pues los últimos años solo me había dado tristezas y dolor, sentía como si esa maldición vivía dentro de ella y eso me causaba terror.

De pronto recordé que habíamos dejado el libro con esa mujer, me entro el temor de solo pensar que ella tomaría ventaja y escudriñaría cada página para recuperar su juventud otra vez.

Deje que esos pensamientos quedarán atrás y me propuse olvidarme de un pasado que me había hecho tan desdichada.

Fernando y Julián se veían contentos de poder volver al lugar que los vio crecer. Visitamos su casa, era totalmente preciosa, se respiraba una total serenidad; flores colgando de sus ventanales, sus arcos adornados con pequeños candiles que alumbraban el portal, el aire paseaba por entre los corredores dejando una estela de frescura que animaba el alma.

De pronto Fernando se acerco a mí y tomándome de la mano me pidió que lo acompañara a un lugar, me sorprendí pero me deje llevar por la curiosidad.

- "Adónde iremos"- la curiosidad era una cualidad que me caracterizaba desde pequeña.

"Es una sorpresa que te encantará"

Me dijo que cerrará los ojos y que no tuviera miedo de tropezar ya que el lugar al que me llevaba quedaba particularmente cerca.

"¡Ahora puedes abrir tus ojos!"

Me quede sin habla, era una recamara especialmente decorada para mí. Los colores perfectos para descansar; una pequeña mesita que daba junto a la ventana, un florero con dos flores frescas, un libro con sus páginas en blanco y una pluma enseguida de el.

- "¡Que significa todo esto!!"
- "¡Te gusto! Yo mismo la mande decorar para ti, recordé que un día me dijiste que te gustaba escribir, Ahora tienes un libro en blanco para que empieces a escribir una vida nueva"
- "¡Gracias esta hermoso!!"

Le dí un abrazo muy fuerte, aunque mi impulso era darle un beso, más me detuve pues no quería ser yo quien diera el primer paso.

- "Ahora quiero que te arregles muy linda para ir a cenar a un restaurante que es uno de mis favoritos, estoy seguro que te gustará"
- "¡Solo dame un par de horas y estaré más que lista!"
- "¡Un par de horas!! ¡Por qué necesitas tanto tiempo, así como estas te ves hermosa!"

- "Lo dices porque quieres hacerme sentir bien, pero la realidad es que me veo horrible, necesito por lo menos un par de horas para verme decente"

Se río y se resigno a la espera, sabia que con una mujer no se podía ganar cuando se trataba de la belleza.

Esa noche me esmere en mi arreglo, quería verme esplendida aunque no sabia para que ni para quien, pues no sabia cuales eran mis verdaderos sentimientos por Fernando...talvez estaba confundiendo el agradecimiento con el amor.

Me llevo a un lugar elegante y exclusivo, solo mesas para dos se encontraba en ese lugar, parecía que solo los enamorados tenían exceso ahí...mi pregunta no se hizo esperar.

"Que lugar tan más romántico, ¿que celebraremos?"

- "Hay mucho por que celebrar... por la oportunidad de vida que Dios te brindo; por la batalla ganada en contra de las fuerzas del mal; por mantenerte siempre firme y no desfallecer, y por darme la oportunidad de estar junto a ti en esos días de tristeza y soledad. ¡Por todo y mucho más es motivo de celebración!!"

- "Tienes razón yo también levantaré mi copa...por tu lealtad incondicional... por ayudarme a luchar contra el odio y el egoísmo...por comprender a todos aquellos que tuvieron un motivo para mentir y que en ese momento los juzgue sin preguntar...por darme tú amistad sin condiciones ni exigencias, solo tus palabras me dieron aliento para seguir adelante, ¡gracias por todo!"

De repente se quedo como pensativo y mirándome a los ojos me dijo:

- "Susana siempre esperé por este momento y al fin llegó"
- "Que quieres decirme, te veo muy serio, ¿pasa algo que yo no sepa aún?"
- "La soledad se volvió mi compañera por muchos años, quizá desde el día que mis padres murieron para ser exactos; por ser el hermano mayor me comprometí en cuidar por mis hermanos,

nunca me dí el tiempo para mi, de conocer y enamorarme de alguien. El día que te conocí supe que tú eras la mujer que yo estuve esperando y sin buscarte apareciste justo ahí, pero eras ajena a mí y eso frenó mis sentimientos. Al ver que no eras feliz y como Antonio se alejaba de ti dejándote sola y merced de esa dos mujeres, no podía entender porqué lo hacia, quería ser yo quien te ofreciera mi mano para luchar contra todos, pero me detenía. Ahora que el destino te puso frente a mí y sin que yo haya robado nada, no puedo ni debo, ni puedo dejar ir este momento"

- "Fernando, porque te has puesto tan nostálgico, tus palabras se asemejan tanto a las mías que quisiera tener ese libro en blanco y escribir lo que hasta ahorita me has dicho"

- "Eso quisiera que escribieras mi nombre en la primera página de tu libro para que al abrirlo pienses siempre en mi. Lo que quiero decirte es que te amo y deseo que seas tú quien despida mi soledad y le des alegría a mi existir"

No sabia que decir, sus palabras eran tan perfectas para ser reales, no quería caer de nuevo en la trampa de un amor falso, pero tampoco podía negarme a la posibilidad de ser feliz de nuevo y darme una segunda oportunidad.

- "Como poder decirte que no, si me has demostrado tu amor sin esperar nada a cambio, ¡bienvenida a la alegría y esa alegría la encuentro solo en ti…acepto a pasar mis días contigo, por siempre!!"

Salimos de ese lugar distintos a como habíamos entrado; otros sueños, otros planes llevábamos en mente, talvez un hogar, talvez unos hijos o quizá decidamos viajar y conocer el mundo no lo se, por ahora caminaremos por estas calles empedradas y contemplaremos la luna que ilumina el sendero de la noche.

Esta fue mi historia de la cual aprendí muchas cosas, entre ellas el haber descubierto la valentía que existe dentro de mí; comprendí que la belleza solo es pasajera y que puede quedarse con nosotros por un tiempo, pero no es una amiga fiel en la que puedas confiar;

pues poco a poco se va alejando sin decirnos adiós, dejándonos un espejo colgado en la pared el cual nos recordará los años gloriosos de nuestra juventud.

Aprendí que el primer amor no es siempre el primero, la ilusión de ese primer beso o ese primer te quiero no siempre se quedará. Talvez surgirán obstáculos que nos impedirá continuar juntos, algunos imposible de superar, otros imposibles de vencer...hablo de la muerte la que viene y ronda alrededor nuestro y cuando se llega el momento nos roba ese aliento de vida sin ninguna compasión.

Por último aprendí que el pasado queda atrás y no podemos llorar toda una vida, es por eso que el tiempo es el mejor aliado contra la tristeza, cuando transcurren los días, los meses y los años nos damos cuenta que ese dolor se ha ido disminuyendo con cosas nuevas y gracias a eso podemos decirle adiós al pasado, abrirle la puerta a nuestro presente y esperar con paciencia el futuro, que para todos se encuentra incierto.

El mal existe y todo aquel que piense que se puede jugar con él, esta muy equivocado; te eleva y te lleva a la cima, ofreciéndote riquezas, poder, belleza, pero todo es superficial, vanidad e ignorancia, porque en cualquier momento la caída será imposible de evitar.

Irinea se creyó mas lista y sin pensar en su pacto dejo que creciera un sentimiento desconocido para ella, pero lo que para unos es una BENDICION para otros es la DESTRUCCION.

Demasiado Tarde para dar marcha atrás, el amor se recibe con alegría, se cuida como la mas preciosa joya, y se cultiva día tras día hasta el fin de los días.

FIN